林良
作品集
04

陌生的引力

經典紀念珍藏版

林良

《陌生的引力》新版序

林良

《陌生的引力》是一本漫談「文學」的書。換句話說，這是一本「文學漫談」。所談的內容，都跟文學有關。這本書的書名《陌生的引力》，是這本文學漫談裡一篇文章的篇名。我覺得這個篇名很新鮮，就拿來當整本書的書名。沒料到書出版以後，並沒有引起讀者的關心和注意。大家以為那是一本有關太空科學的書。

我在這本書第一版的序文裡，詳細說明「陌生的引力」指稱的是動人的文學作品，是對動人的文學作品的形容。不過，一切都已經太遲了。

這一次，趁著《陌生的引力》改版重排的機會，我建議麥田出版為這個難懂的書名增加一個副題「我的文學漫談」，既不拋棄原有的書名，又能彰顯一本書的真正性質。這是新版本的一個重大改變。

在這本文學漫談裡，我嘗試以輕鬆的筆觸，談論各種文學話題。我談得最多的是「文學」和「語言」的關係，追求一種文學作品裡「言文一致」的境界，把它當作一種文學的建設。這可以說是這本文學漫談的另一特色。

新版本的另一個改變，是作者姓名一律標示作者的本名是「林良」，不再採用筆名「子敏」。這是因為作者的「多名」，最容易為讀者帶來不必要的困擾。

很感謝麥田出版的編輯群為這本書的新版本所付出的心血。我真誠的在這裡致謝。

我的文學筆記——《陌生的引力》第二個版本序

有一次，有一個朋友看到《陌生的引力》這個書名，就問我：『這是不是一本太空科學著作？』

「陌生的引力」這個名詞片語，確實很容易引發一種有關科學的聯想。「引力」是一個科學用語。

其實，「陌生的引力」是我對文學的形容。閱讀活動是一種自發的行為，我們閱讀一篇文學作品是因為受到它的吸引。那引力的來源，是作品富有新意。那新意，是我們一向沒留意到的，所以對我們是陌生的。這陌生，帶給我們一種「發現」的喜悅。我們被文學作品所吸引，是因為它具有「陌生的引力」。套用莎士比亞一個有名的「句法」，那就是：陌生的引力，你的名字是「文學」。

在我寫作的生涯中，思考活動是不停息的。這些思考，大半都跟「怎樣呈現我的感覺」有關，是寫作進行中必有的活動。但是有時候，我的思考也會飄離我的寫作活動，跟種種「文學現象」發生接觸，使我不得不放下筆，成為一個沉思者。這種思考，一旦有了安頓，我就會拿筆把它記錄下來，成為一篇篇的「文學筆記」。這本書，就是我的「文學筆記」的結集。

這些文學筆記，呈現了我的文學思考。在這些作品中，我談到散文，談到詩，談到小說，也談到劇本。我談到作家，談到詩人，談到劇作家，也談到小說裡的角色。我談到文言和白話，談到文字和語言，也談到「聲音」和「意義」在文學裡的作用。

我珍惜這些文學筆記的主要原因，是它在文學思考裡是一種「另類思考」。我期盼著它對讀者也能具有「陌生的引力」。

這本書本來由純文學出版社出版。純文學出版社停辦以後，這本書一度在書市上成為「孤兒書」。值得高興的是它很快的就為年富力強的麥田出版所收養。《陌生的引力》的「書性」，屬於沉靜型。它必須相當長壽，才有機會跟更多的讀者結緣。麥田出版的「社性」，屬於思考型。把《陌生的引力》交給麥田經營，才能寧靜以致遠，同享彭祖之福。

現在，麥田已經把《陌生的引力》全書重新排校，穿上新衣，成為這本書的第二個版本。這本書從一九七五年（民國六十四年）出版以來，第一個版本一共印行了七「刷」。如今新版本的初「刷」問世，對出版者，對讀者，都應該有一篇新序才是。

讓我就用前面所寫的幾句話，作為新版本的新序文，也作為新版本問世的作者致詞——作為作者致詞是不夠完整的，因為作者最想表達的一句話卻不在內。那就是：謝謝麥田的溫馨收養！

一九九七年六月

新鮮多汁的水蜜桃——《陌生的引力》序

我用這本書來表達我的一個文學意念：

文學是「具有個別意義的聲音」的「令人驚喜的組合」。

「具有個別意義的聲音」，我指的是在我們現代語言裡活躍的「語詞」。我特別強調「現代語言」跟「語詞」，因為我所談的「聲音」，並不是一般人所想到的「一個漢字的讀音」。

中國古典文學作品是用「非真實語言」的文言文來寫作的，所以它的「意義」與「妙境」最適合用視覺去捕捉，也只能用視覺去捕捉。一個令人驚喜的創造性的句子，會在你的注視下發出迷人的暈光像陽光下的藍田玉。不過，那個作家或者詩人，如果動念要讓別人分享他創造的喜悅，把他的創作念給別人聽，那麼他就會失望。儘管他是忠實的照字讀音，但是別人卻沒法子在那聲音中捕捉到「意義」，更不要談「意味」。他那令人驚喜的創造性的句子，在別人的聽覺裡完全消失了。

韓愈如果舉行小規模的客廳發表會，在朋友面前念他的〈石鼓歌〉：『蒐于岐陽騁雄俊，萬里禽獸皆遮羅。鐫功勒成告萬世，鑿石作鼓隳嵯峨……』朋友們在傾聽那不具明確意義的聲音像聽音樂以後，第一件事必定是趕緊伸過頭來，搶著要「看」韓愈手中的一張紙。那一場吟唱是一次浪費，因為〈石鼓歌〉的意義跟意味，只能靠視覺去捕捉。

李商隱如果當眾發表他的〈春雨〉：『……紅樓隔雨相望冷，珠箔飄燈獨自歸……』他也會遭遇到相同的失敗。

我認為這樣的文學是殘缺的。嚴格的說，這樣的文學並不具備完全的文學條件。所以我強調，現代作家必須運用真實的現代語言來寫作。他應該驅遣真實語言裡的語詞，也就是那對現代人具有個別意義的聲音，來塑造他的令人驚喜的句子。文學的妙境，應該是可以用視覺，同時也可以用聽覺來捕捉的。不然的話，那就是一種「文學損失」。

一個現代作家，如果不懂得運用現代語言裡的一組一組「具有個別意義的聲音」來做他的「文學單位」，如果仍然用「有很多同音字」的一個一個單獨的漢字來做他的「文學單位」，那麼，無論是在詩裡或者在散文裡，都是一種疏忽。換句話說，我們不要光講究「字面好看」，我們要更進一步，考究那「聲音」對現代人是不是具有明確的「聽覺上的意義」。

在這本書裡，有好幾篇文章討論到「文白問題」。我要聲明的是：我並不是那個躲在西南太平洋小島上的日本兵，在二次大戰結束了二十幾年以後仍然在從事「一個人的戰爭」似的，還在檢討往日的文言白話的老問題。我只是覺得那一段「歷史」，具有最深刻的現代意義。我審視的是「現代文學在聽覺上的存在」這個新課題。

再說「令人驚喜的組合」：

能活活潑潑的運用現代語言來寫作，固然不是一件容易的事，但是拿那一點成績跟古代詩人作家在文學創作上的成就相比，僅僅能「運用現代語言來寫作」就實在算不了什麼。現代作家，尤其是已經能用現代語言來寫作的作家，往往誤認文學的美德就是「明明白白」。「明明白白」可以算是現代應用文的美德，但是絕對不是現代文學追求的目標。

一篇好的文學作品，或者一個好的文學句子，應該新鮮多汁像成熟的水蜜桃。文學當然不能「不明不白」，但是它追求的是「多采多姿」，並不永遠停留在「明明白白」的水平面。它要鼓動翅膀，離地起飛，在距離「日常語言的大地」一個適當的高度上作水平飛行。

我們沒有理由拋棄古典文學。固然，我們不能在古典文學作品裡學習現代語言的運用，但是我們學習古人在藝術上的精進精神，並且重溫他們的成就。

我們都珍惜生命中那令人又驚又喜的「文學經驗」。人人的精神界裡都有一片文學綠地。文學確實能豐富人生。因此，古代詩人作家的「語不驚人死不休」的精神是充滿著意義的。他們為了捕捉美，可以不眠不休，可以「春蠶到死絲方盡，蠟炬成灰淚始乾」。美的失落，會使他們感到「天長地久有時盡，此恨綿綿無絕期」。雖然他們在他們的時代裡，只能組合文言文裡的單字，不能像我們組合「具有個別意義的聲音——真實語言裡的語詞」，但是無數令人著迷的像「星垂平野闊，月湧大江流」那樣的組合，在藝術上是不朽的。

我要聲明的是：儘管我歌頌古典文學，但是我仍然認為它是殘缺的文學。它用另外一種方式豐富了我的人生，但是它對我們民族語言的美化並沒有直接的貢獻。我們有優美的文言文古典文學，但是我們的語言仍然是那樣平淺，那樣的一條直腸子。我特別強調現代作家應該有心的用現代語言來寫作，把他們的藝術成就保存在真實語言裡像古人的保存在文言文裡。期待笑看我們的民族語言結出纍纍的蘋果成為「文學的語言」，不是應該先種幾棵「語言的文學」的蘋果樹嗎？

這樣的一個文學意念，常常提供我寫作的材料，使我寫了許多談論文學跟語言的散文。這本書裡的文章，是從這幾年來發表在《國語日報》「茶話」專欄、國語日報《書和人》半月刊、《中國語文》月刊、《婦女雜誌》月刊的作品中選出來的，一共有四十篇，在四十個深夜裡完成。

書名《陌生的引力》，是其中一篇的篇名，內容是討論李商隱〈錦瑟〉詩的第五、第六句。它所以當選書名，是因為這個「名詞片語」恰好也是我對動人的文學作品的形容。動人的文學作品都是新鮮的，因此也是陌生的，但是它往往有一股強大的引力，是讀者所沒法兒抗拒的。

我獻給我的讀者的，就是這本談文學、談語言的散文集也是一份邀請書。我盼望能多邀幾個朋友一起來種幾棵樹，有心有意，一心一意的用現代語言寫幾篇作品，造幾個令人驚喜的新鮮多汁的句子。

一九七四年十二月十二日

陌生的引力

目次

卷二 作家跟語言

卷三 文學裡的意味

卷四 我和詩

卷一

深人的淺語

我的「國語觀」

我在初中念書的時候，我的家鄉廈門早已經「五口通商」了九十五年。廈門港口，輪船進進出出，多少「廈門郎」搭船北上開眼界，搭船南下「通西洋」；多少北洋客乘風破浪由渤海、黃海、東海到廈門來落戶，多少南洋客由呂宋、仰光、新加坡滿載黃金回到家鄉來築造「大觀園」定居。還有當年那些「列強」的子孫們，在鼓浪嶼的萬國租界，漂漂亮亮的來，漂漂亮亮的去，「播放」著英國國語、美國國語、法國國語、日本國語，以及白俄嘴裡的沙皇俄語。廈門也算是一個小型的「語言博物館」了。

廈門人為了適應生活，耳朵成了天生的「譯意風」，雖然不是人人精通「比較語言學」，但是人人都得學習「語言的比較」。

廈門人所接觸的全國各地方言，多到使人「耳痠」；所聽到的外國國家代表語，難免使他們「心羨」。因此，廈門人是很不「反國語」的。在那種無可奈何的情況中，國語的提倡對他們是一種「福音」。他們認為國語運動的理性的呼聲是可愛的，使人「會心」的。

不反國語，而且不像現在社會上所流行的「肚子疼怨灶君」那樣的「恨國語」：白話文寫不成就罵國語；要是沒有國語作祟，白話文失去了依據，我不是就可以少受點兒「國語罪」嗎？家鄉話說出來，受過現代教育的知識分子都聽不懂，我也罵國語；要是沒有國語作祟，別人聽不懂是活該，那是別人「沒有耳朵」。

語言是個人「人格」的一部分，如果純由個人的觀點出發，「國語」確實非常可惡。我一張開嘴說話，馬上就有人說：『語法不對！』剛剛開口，馬上就有人說：『發音不標準！』「不自由，毋寧死」，這叫人如何能忍受！

現在我們所聽到的許多反國語、怨國語的論調，其實都不是由理性出發，而是一種「情感的產物」。如果純由理性出發，個人有「人格」，群體也有「群格」，我們的國家怎麼可以因為幾個人「情感上的理由」，放棄國語建設，退回混沌狀態，宣布「解散國語」，各學校聽任以方言自由教學，各地方的人互以「自己的」方言對話？彼此聽不懂，「也就算了」。大家「誰也別跟誰說話」就是了。

講演怎麼辦？也有辦法。先用優美的文言撰稿，然後請書家「書同文」的寫在大紙上，然後攝製「無聲字幕」，在大銀幕上放映。群眾「啞口無言」，「鴉雀無聲」的，在腦子裡以各自的家鄉音，採用「內語」方式，「默然鑑賞」優美的晚明或宋唐或兩漢或先秦或三代的優美的古代文章，很「書同文」，很「典雅」的完成了一次古色古香的「大眾傳播」，這不是也行嗎？

議會開會怎麼辦？那更簡單。彼此以古文默然的做「書同文」的「書面談話」，振筆疾書，迅速傳閱，不也行嗎？

廣播可以廢止，全力發展無聲電視；電視劇可以請古文家撰寫「書同文」的古文「對白」，製成字幕「插映」；新聞報告可以廢止，改用「報紙傳真」；不過報紙也得先「改進」，一律用優美的古文撰稿，以免有「使古文程度低落」的「不雅的白話文」，影響了「書同文」的效果。

話劇的演出，問題較為簡單，可雇用小童一名，肅立臺隅，一頁一頁翻開書同文的優美的古文對白，供臺下博雅而不近視的君子，遠遠對照演員之動作，細心鑑賞。演技既佳，無聲之「對白」亦甚典雅可讀，這不也行嗎？更行嗎？至於國劇：其精華處全在動作之細膩，表情之深刻；其道白固甚鄙陋，其唱詞雖有其典雅處，然終以「語同音」是賴，可斟酌情形，加以分解而保留其一部分，或竟全部加以刪除可也。這不也行嗎？

如果聽任感情氾濫到這步田地，大地也要「沉寂」了。

廈門人的擁護國語，愛國語，純從理性出發，不錯。但是還有更重要的一點，是廈門人所處的五方雜處的環境，使他們學會了尊重方言。廈門人很少只會一種方言的，他們從小就習慣於誠懇的向其他方言學習，所以「親身」體會到各種方言的莊嚴偉大，構造的「自有一番道理」。他們的學習國語，純粹是由於一種「樂與人同」的胸襟，由於一種「建設的熱誠」。許多學者研究閩南話，喜歡拿廈門話作研究的對象或比較的材料。一提到閩南話，廈門人成為「天之驕子」。但是廈門人並不「驕」，並不喜歡對其他方言採取輕薄的嘲笑態度；遇到有這種傾向的同鄉，大家都認為鄙陋不堪，羞與為伍。廈門人所處的地位，正像現代的北平人所處的地位一樣，是一種「標準語區人」。如果要嘲笑別人，天底下有誰能比廈門人說廈門話更地道？廈門人也有「胸襟狹窄」的天生權利呀！

我學國語採取積極求知的態度，所以北平人見了我都有「很重的責任感」，因為他們「天生的」成為「替我解決寫作問題的人」，我又不給薪水，他又不能逃避政府的國語政策所賦予他的「重大負擔」，真要嘆息「不幸生為北平人」了。如果他解決不了我的千奇百怪的問題，就自覺「愧為北平人」，有負「標準語區人」的天職。他跑不掉的！要是大家學國語都採用我的態度，一切「心理學」上的「情結」，都可以順利解開，國語也可以更快普及。

我跟國語專家，相依為命。我死纏住「不幸出生在標準語區的人」不放。甚至為了愛國語的理由，我主張將來把我國標準語區列為節制人口的法外特區。

寫劇本的人都知道，要把對話寫得「活」，光有標準字音是不夠的，還得有一個「真正活在人間」的活社會的活語言作琢磨的對象，創作的素材。國語不是沒味道的「人造語」，為了藝術上的效果，它必須是標準語區的活語言。我們怎麼可以怕研究北平話太過深入？我們怎麼可以同意那種「只要學幾句普通應酬話就夠了」的主張？

寫小說的人也都知道，寫到細微處，觀察到細微處，就必須也接觸到語言的細微處。如果以你的家鄉話寫作，那個所在，正是你的得意之筆。如果為了寫給更多人看，用國語寫作，你怎麼能抑制對國語的最深入的鑽研？「普通話」夠什麼用？

寫詩的人也都知道，詩的聲音的韻致，也就是一種語言的韻致。如果你既不像羅勃．柏恩斯那樣用他的蘇格蘭家鄉話寫，也不用國語寫，而用一種自己的「雜湊的書同文」來寫，叫人怎麼能「勉強鼓起同情心」的去體會你的啞劇？為了要駕馭國語，怎麼可以不細心推敲國語？怎麼可以把對一種活語言的最深入的研究叫作「推行土話」？

寫到這裡，覺得已經把「一個南人為什麼熱心學習北語」的正當理由說得很清楚了。說清楚了，就寫到這裡為止。

深人的淺語

我忽然發現優美的文學作品都是「深人的淺語」。現代作品是這樣，古典作品也是這樣。

拿杜甫的〈登高〉作例子。杜甫在這首「八行」詩裡寫了些什麼？

風急天高猿嘯哀，
渚清沙白鳥飛迴。
無邊落木蕭蕭下，
不盡長江滾滾來。
萬里悲秋常作客，
百年多病獨登臺。
艱難苦恨繁霜鬢，
潦倒新停濁酒盃。

他寫的是風，是天，是猴子叫（不那麼嚴格的說），是沙洲，是鳥兒飛，是樹木掉葉子，是長江的水在那兒流，是悲傷，是流浪，是生病，是爬上高臺，是有了白頭髮，是生活不寬裕，是不敢再喝酒。沒有一樣東西不是平凡的日常事物，沒有一件事情不是生活中的身邊瑣事。如果我們有意拋開一樣最重要的「特質」不提，那麼，這位使人傾倒的偉大的詩人，實在是「沒有什麼了不起」。

『他太平凡了！』你一定會說。

再拿李白的〈靜夜思〉作例子。它是一個更好的例子。

床前明月光，
疑是地上霜；
舉頭望明月，
低頭思故鄉。

李白寫了些什麼？更使人「失望」。他寫的不過是床，是很亮的月亮，是舉起頭來，是低下頭去，是想起了他的老家。真是的！

『他更平凡了！』你一定會說。

如果你從這個角度去觀察，你一定會很失望很失望。你會忽然想通了，原來文學就是「婆婆媽媽」，原來文學就是一堆「廢話」。

你可以用這個「可怕的清醒」的態度去分析一切最偉大的文學作品。你會發現文學算不了什麼。你會發現文學都很「淺」。

讀古代文學作品，常常使人產生一種「錯覺」，認為好的文學作品都是很「深」的。其實那不是「深」，那是「陌生」，是一種「時代距離」引起的錯覺。它其實只是「語言的時代差異」所造成的「阻隔」。如果你能好好兒運用工具書，你能用「熟讀唐詩三百首」的方法去「熟悉」古代那種「奇特的語言」跟「不同的用字習慣」，然後再用現代語細心翻譯翻譯；一旦打破那個「阻隔」，你會發現同樣的事實：古典作品跟現代作品一樣，都是很「淺」的，很「平凡」的，很「日常生活」的，很「身邊瑣事」的。

白居易〈長恨歌〉最後兩句：

天長地久有時盡，
此恨綿綿無絕期。

許多人最愛襲用它，認為寫「情」寫到要緊處，這兩句話絕對不能割捨，因為它會使人「感動」得不得了。其實這兩句話所說的，不過是天，是地，是「有完沒完」，是傷心，是「有沒有到頭的日子」。多「淺」！哪一樣超出了日常生活的範圍？

這種「並非沒有道理」的觀察，困擾了兩種人。

第一種人是錯以為「記誦之學」就等於「創作力」的人。他體會不出文學作品的真正「佳妙處」，總覺得「文學之美」是憑藉「古語」而存在，是憑藉「古代用字習慣」而存在，因此非常討厭現代的語言，大力提倡「回到優美的文言」，認為「文言就是文學」，白話太「淺」，「毫無文學之可言」。他不了解古代文學之美，並不是因為它「使用」了古代語言。如果他沒有「創作力」，把「優美的文言」交在他手裡，他一樣寫出很空洞的文章。如果再限制他不許「侵犯古人的著作權」，不許聲勢浩大的「集錦」，他就更不知道怎麼辦了。

在現代觀念裡，寫白話文的時候，偷偷把朱自清的句子抄在自己的作品裡，無論安放在哪一段，人家總以為是一件「很不雅」的事。白話文無從「襲古」，只重視「創作力」，它是接近真正的「文學藝術」的。

文言文裡，滿篇文章鋪滿了喊得出「原著者姓名」的句子。這種「毫無創作力之可言」的文章，怎麼反倒叫作「文學作品」？奇怪。不重視「創作力」的提倡文學，等於促使文學在這一代「死亡」。

現代作家可以由「鑑賞古代文學作品」獲得益處，重溫古人的技巧。但是提倡古代文學是不可能的。「歷史」怎麼提倡？

再說到第二種受困擾的人。

第二種人就是那種相信「逆定理恆真」的人。既然真正的文學作品事實上都是「淺語」，因此他「倒過來」相信，凡是「淺語」都是真正的文學作品。

杜甫所寫的也不過是樹哇，天哪，地呀，長江啊。因此他相信，一個人只要很老實的，很自然的，把自己穿什麼衣服哇，路上遇到什麼人哪，天上有一隻麻雀飛過去呀，差點兒被計程車撞倒了呀，馬路很寬哪，街上不擠呀，「統統」很誠懇的寫上去，就「必然」的成為很好的文學作品。最好，最偉大的文學作品，也不過是一些「淺語」。他能作「淺語」，我也能作「淺語」，他就是我，我就是他，都是好的文學作品，都是好作家。

如果你說：『您的作品固然像一切偉大的文學作品一樣充滿「淺語」，可是我怎麼也讀不出「味兒」來。』

他說了：『這是您沒往深處想啊！』

如果讀作品不是靠作者的「暗示」，而是由讀者「幫他忙」往深處想，這多好笑。上館子吃飯還要自己下廚房，倒不如買菜回家親手做。

文學作品都是「淺語」。文學本質上就是一種「淺語」的藝術。

文學作品的讀者是「概念」的「人」，頂多再加上一個「修飾語」：「認得字的」；因此文學藝術只能憑藉「生活」來「顯現」。太陽，船，荒原，長江，小食攤，陰暗的宿舍等等。文學不像音樂可以憑藉孤零零的「聲響」而存在。「生活—語言—文學」是糾纏不清的，無法分析的。我們找不到一種跟語言無關的文學，也找不到一種跟生活無關的語言。李白那首〈靜夜思〉如果不憑藉語言就沒法兒寫（不過他倒可以學貝多芬去彈鋼琴）。他的語言如果不談月亮，床，舉頭，低頭，他就得談些其他的「生活」，他沒有第二條路走。

文學是一種「淺語」的「藝術」。因為它是「藝術」，所以這個「淺語」並不是「淺人的淺語」。它是「深人」的「淺語」。

「深人」是指那種氣質不凡，有超過常人的才華，思想深刻，能技巧的運用當代語言的人。他能在平凡的月亮和江水之間發現一種「月湧大江流」的關係。他能在星星和平野之間，尋覓出一種神祕的「星垂平野闊」的關係。他替平凡的「長江」和平凡的「滾滾」，替平凡的「落木」和平凡的「蕭蕭」，安排一種「很不平凡」的「結合」。他賦給極平凡的「白髮」極不平凡的意義。他甚至能把最無聊的天，地，恨，綿綿，安放在某一件事情上，發掘出使人柔腸寸斷的「相互關係」來。

他不是一個「淺人」，他很「深」，有時候「深」得「深不可測」，「深不見底」。但是由於「生活—語言—文學」這種藝術的「宿命」，他永遠只作「淺語」，「淺語」是他的本色。

一個受過相當語文訓練的人，遲早會發現，一部最出色的（甚至最偉大的）文學作品，是由他所認識的字描繪他所能體會的生活而成的；只是那裡頭「釀造」出某些意味深長的東西，是一種「用」而不是一些「字」，使他覺得「動心」而不能「自已」就是了。

我忽然發現，「文學」不是一種「記誦之學」。文學的「創作活動」並不是「天長地久有時盡，此恨綿綿無絕期」的重複古人的佳句，而是「不斷的發現新境」；因為它是一種藝術：「屬於深人」的「淺語的藝術」。

陌生的引力——談李商隱的〈錦瑟〉詩

被現代詩人所激賞，認為他寫詩有「西洋象徵筆法」的一千一百多年前的中國詩人李商隱，在詩傑作〈錦瑟〉裡，留下了兩句連梁啟超也看不懂可是卻著了迷的美麗的詩句：

滄海月明珠有淚，
藍田日煖玉生煙。

這兩句詩，許多人都說不懂。不過這種不懂，是「俗務方面」的「不懂」，因為它不像〈四郎探母〉裡那樣赤裸裸的說：『我好比籠中鳥，有翅難展。』

俗人本來有要求懂詩的權利，人人都應該有這種權利。不過，俗人最使人難堪的是他態度的刻薄。他對於一首詩所希望知道的往往是這樣，而且是很刻薄的只限於這樣：

『這首詩是說他丟了官兒了。』
『這首詩是說他窮，沒錢花。』
『這首詩是說她想丈夫。』
『這首詩是說他犯酒癮。』
『這首詩是說一個女人不愛他。』
『這首詩是說她喜歡的男人從前雖然喜歡她，可是現在卻不喜歡她了。這個從前喜歡她的男人現在喜歡的是另外一個女人。』

弄清楚這一點，放心「沒說我壞話」，也就滿足了。詩不詩，再不管它了。

詩是從日常生活的「平凡瑣碎」的糞土中長出來的奇異的花朵。現在，你不去欣賞鬱金香、紫羅蘭，偏偏要把鬱金香、紫羅蘭還原成「平凡瑣碎」，說這才算懂詩。這是不公平的，對詩是不公平的。因為詩的「存在」，是在它「成為奇異的花朵」的時候才存在。在它又還原成「平凡瑣碎」的時候，詩已經不存在了。也許俗人有一種「對藝術的否定」的傾向，所以他喜歡採取激烈的「無神韻」論者的態度，逼藝術「還俗」。

說不懂得李商隱那句詩，其實只不過是不懂得「他指的什麼」。不對，也不是不懂得他指的什麼，他不是明明指的「珠」和「玉」嗎？只不過是不懂得下面那些俗事罷了：

李商隱他怎麼搞的？

他說的是誰？

他窮啦？犯酒癮啦？

他是不是想做官兒啊？

是不是他的阿蘭不理他了？

不懂得這些又有什麼關係？我們何必逼他「還俗」？我們「直接」欣賞那兩朵奇異的花朵不是也有「可能」嗎？

梁啟超先生很客氣的說過：『……叫我解釋，我連文義也解不出來。』這就給了我們很好的機會。我們可以「不守規矩」的自由欣賞。

滄海，在現代人的觀念裡，也許僅僅是「大海」。但是在李商隱的時代，「滄海」所給人的「語感」已經是帶著綠色的。「蒼色的海」寫成「滄海」。「蒼」是「青青河畔草」的顏色，就是現代語裡的「綠」。想想那「綠色的大海」！跟「綠色的大海」相對稱的是一片「藍色的田野」。「藍田」雖然不一定像「紫色平原」那樣的真帶有特定顏色，至少在「字面」上它是很「藍」的。「綠海」，「藍田」，啊！不過別著急，這僅僅是一個開始。

「海上生明月」。一個大月亮從海上升起的那種聖潔氣氛，使航海人雖然耳中鳴響著船首激起的浪聲，心中卻充滿極端的寧靜。現在，就在那綠色的大海裡，升起了這樣一輪明月。銀光下的綠海，想想那景象！

再到「藍色的田野」這邊來看看。暖融融的太陽正在那裡照耀。金色的太陽，藍色的大地，你醉不醉？

銀色的月亮映著綠海，帶點兒寒意。
金色的太陽照著藍田，溫暖了人心。

還有，在採珠人的觀念裡，大海是明珠的家鄉。英國十八世紀詩人湯瑪斯・格雷，也有「黑暗淵深的海穴裡，藏有多少祥和晶瑩的寶石」的類似想像。

另一方面，藍田是個「最美的礦場」，是出產美玉的地方，還另有個很美的名字：玉山。

「珠有淚」的「有」，「玉生煙」的「生」，從語法的觀點來看，都是動詞。「珠有淚」，應該是明珠掛淚，明珠落淚，明珠含淚吧？「玉生煙」，不至於是玉石被太陽烤得冒煙兒吧？當然不是，我想。「煙」是一種暈光，一種暈彩。一邊是明珠含淚，一邊是玉石發出七彩的暈光。

珠和淚，相互間常常引起人的聯想。「珠有淚」大概並不用「典」，就像「玉生煙」一樣，是一種「想像裡的白描」吧？「解詩人」有時雖然引用在李商隱四五百年前的《博物志》的典：『南海外有鮫人……其眼泣則能出珠。』但是在「珠有淚」的語法構造裡似乎安不上。倒不如引李商隱以前一百多年狄仁傑的故事也許還更合用。狄仁傑不得志的時候，曾經被人稱為「失落在綠海裡的一顆明珠」（滄海遺珠）。

現在，兩幅圖畫可以串連起來了：

銀色月光映綠海，有明珠含著眼淚；
金色太陽照藍田，有美玉放射光輝。

這兩幅奇異的圖畫，美極了，對人發出一種「陌生的引力」。這也就是梁啟超先生所說的：『……但我覺得他美，讀起來令我精神上得一種新鮮的愉快。』

如果我們一定要這兩句詩「還俗」，那麼拿前後兩幅奇異的圖畫作對照，一冷一熱，一寒一暖；一個是對逆境的嘆息，一個是對順境的歌頌；可以說是人生境界的象徵吧。但是又何必呢？

藝術，本來就是一種「陌生的引力」。在文學的世界裡，這句話更真。文學離不開日常生活的「平凡瑣碎」，但是會「體會生活」的人，寫著寫著，竟使這些「雞毛蒜皮」發出奇異的光，使人產生一種「陌生感」。單是「陌生感」沒有用，要緊的是，這種由「平凡瑣碎」裡生長出來的「陌生感」，還得有一種不可抗拒的強烈的「引力」，把你帶進了新境。那時候，藝術就「存在」了。

當然，這種「陌生的引力」不單指「滄海月明珠有淚，藍田日煖玉生煙」。

「春蠶到死絲方盡，蠟炬成灰淚始乾」也是。

「長安一片月，萬戶擣衣聲」也是。

「秦時明月漢時關，萬里長征人未還」也是。

「星垂平野闊，月湧大江流」也是。

在詩的「格律時代」，中國的詩人從一起頭就學會了用五個音節說一句話，用七個音節說一句話。我們不必迷信凡是「五音節短語」，「七音節短語」都是必然的好詩。這裡頭常常有瑣碎平凡「一點引力也沒有」的句子。

現代的詩人一起頭就自由自在的用「自然的語言」來說話。我們也不必迷信凡是「自然的語言」必然是平凡的話。因為我們也發現，「錦心繡口」的現代詩人，他的深刻的「自然的語言」竟具有極不平凡的「陌生的引力」。

論三島由紀夫

我是接連讀了兩篇論日本作家三島由紀夫的死亡的文章以後，才深深的感覺到作家在文學藝術上的某種成就，固然可以比擬成花朵，但是真正感人的，往往並不是花朵本身。

我的這個論調是一個看起來聽起來都非常矛盾的論調。我等於說：文學作品所以能夠感人，跟作家在一件作品裡的藝術成就無關。我是這麼說的，不過我並不承認我說錯。

一個作家，要寫到自己對自己的藝術成就有某種程度的「肯定」，或者說「信心」，是要經過一段相當艱難的掙扎過程或者奮鬥過程的。作家本人的社會地位、學術地位，以及親戚朋友的熱心讚美，對作家自己的獲得這種「肯定」並沒有什麼幫助。作家要自己去「熬」出這種「肯定」來。

當然，我也並不是說，「肯定」的態度比真正的藝術成就重要得多。儘管我們也見到過許多由「肯定」出發的藝術家，在沒有任何藝術成就的情況下先「肯定」了自己。這種藝術家，往往也會有成就，因為他所極端缺乏的恰好就是「成就」——對他的「肯定」有幫助的成就。只要他肯努力，他也會在最後肯定了他最初的「肯定」。

「藝術成就」跟「肯定」的態度必須相等，相當，相稱，不管作家由哪一頭兒開始。

一個作家一旦對自己的藝術成就有了「肯定」，不管他是像杜甫那樣不謙虛的把話掛在嘴上，或者是很謙虛的把話藏在心裡，他都會有「下筆如有神」的自豪跟「語不驚人死不休」的嚴肅的工作態度。

這個「肯定」，對一個作家來說，是他的「第一次肯定」，也是他的「小肯定」或者膚淺的「表層的肯定」。這種「小肯定」已經是得來不易，但是我仍然要稱它「小」。「小」是「小」，卻不要一心以為它算不了什麼。

有了這種「小肯定」的作家，往往是風流自賞的。他對文學藝術的貢獻，往往是一種技巧，一種風格。他會形成氣候，有一群跟隨者，像一個彩衣的吹笛人。跟隨者搖著小小的彩色旗，唱著歌，歡天喜地的在他背後接成小龍，形成一個小小的遊行隊伍。他是一個精美的原版，被複印了千百份兒。他是「可模仿」的。

技巧、風格，最容易在空氣中凝固。技巧、風格如果暴露在空氣中過久，就會令人厭倦，失去了新鮮感，有了「小肯定」的小作家，如果不懂得繼續往「深度」發展，他的藝術生命，就會永遠停留在「尋覓更多更多的技巧」這個可憐的層次上了。在我的觀念裡，三島由紀夫不僅僅是一個只停留在「小肯定」這個層次上的作家。

一個真正有深度的作家，在獲得了「小肯定」以後，往往還繼續往前走，追求一個「大肯定」。我前面提到過的，藝術的花朵所以能夠感人的原因並不在花朵本身，現在到了應該加以說明的時候。

童年，有一次，我在一個樹林裡聞到海的氣息，並且聽到驚濤拍岸。我心裡很感動，覺得這樹林有一種迷人的美。「迷人的樹林」當然至少要有好樹，但是真正使我覺得那樹林迷人的，實在是我感覺得出來的，在樹林背後遠處那個我看不見的雄渾的海。

我對有深度的文學作品的看法也是這樣。「不是花朵」的作品不說，「是花朵」的作品所以能夠感人，往往是因為花朵上漾動著一種迷人的神采。那神采像風，飄動你心中的一面旗。像進軍的兵士的「腿風」驚起路邊草葉上一隻小蝴蝶一樣，作家在作品裡追求一個「大肯定」的努力打動了你的心。

我所說的這個「大肯定」，實實在在指的是作家對人生的「肯定」。我所說的

「大肯定」，指的是一種「態度」；是作家在追求的過程中奮鬥中，心中形成的那一片雄偉的江山。對每一個傑出作家來說，那江山是一樣的江山，一樣的雄偉，但是那江山依作家個別的氣質「變色」。

這也像爬山，像征服一座高峰。能夠走到離峰頂那麼近的爬山家應該都是出色的爬山家。所有這些出色的爬山家胳臂上。腿上，都帶著傷，這是完全一樣的。可是他們心中的氣象卻不一定非完全一樣不可。他們當初從山腳下出發的「雄心萬丈」是一樣的，他們「歷盡艱辛」是一樣的，他們現在「筋疲力竭」也是一樣的，但是他們心中的氣象不一樣了。

我們不必懷疑這些「爬山作家」對人生體會的「深度」，但是我們絕對不可以迷信「深度」，那是一種「最可怕的迷信」。我們應該考慮到作家對人生的體會，會對作家的靈魂產生一種作用。

如果那作用指的是像刀那樣的「切入」，那麼深度的意義就等於「扎入很深」。如果那作用指的是「搗毀」，那麼深度的意義就等於「搗得稀爛」。如果那作用指的是「植根」，那麼深度的意義就等於「扎根很深」。作家的氣質，改變了「深度」的意義。在我的觀念裡，三島由紀夫並不是一個沒有深度的作家。

三島由紀夫像少數幸運的作家一樣，有金色的天賦，很「早熟」的獲得了指

「藝術成就」說的「小肯定」。他天才似的，貴族似的，獲得了對「美」的闡釋權，而且是使人傾心佩服的。

他對人生的體會，他追求一個「大肯定」的努力，也已經達到一個令人心驚的深度，那深度，早就超過了一般庸俗的沾沾自喜的作家。他是已經走到離峰頂不遠的爬山家。

這兩個條件，決定了三島由紀夫在文學界的地位。他可以說是一個傑出的作家，不過，很可惜的，他並不是一個偉大的作家。使他不能成為偉大作家的原因，不是他的缺乏天賦，不是他的缺乏深度，而是他的氣質。

一個傑出的作家不只是對「沒有什麼意見」的讀者發生影響力，他對才智之士所發生的「惺惺惜惺惺型」的影響尤其深遠。那影響，可以形容為「驚人的」，也可以形容為「可怕的」。因為藝術的天賦跟體會人生的深度都是有高度說服力的，所以在那種影響發生的時候，對「並不盲從」的才智之士來說，那傑出作家的「氣質」就等於「真理」。

藝術對受傷的心靈有撫慰作用，因此受傷的心靈往往皈依了藝術。如果那心靈受傷的人有藝術的天賦，而且對人生的體會又達到相當的深度，那麼，他心中那幅受了傷的「扭曲的圖畫」，就很容易被接受為真理。這「真理」，又因為作家的天賦和作品的深度而受到——這一回卻往往是「盲目的強調」。

我們應該為三島由紀夫滴淚，不過卻不是為「人生」滴淚。我們為三島由紀夫的不幸遭遇嘆息，不過並不是為什麼「人類共同的命運」唏噓。

對我個人來說，我為三島由紀夫痛哭；那是一種悲憫，並不是什麼「人生的悲哀」。我閱讀偉大作家的作品所獲得的熱和力，使我有這種悲憫。我認為一個偉大作家最使我著迷的高貴氣質是：他身上的傷痕比「肯定悲慘人生而決意跳崖的爬山同伴」多得多，但是他含笑繼續向山頂走去。他有更肯定的肯定。

白頭髮的孩子

喜愛兒童文學的馬景賢兄有一天打電話給我說：『你要注意《天鵝的喇叭》。』

我告訴他，我只讀過《蜘蛛夏洛蒂的網》，我只知道《小老鼠史都華》，我一向沒注意過這本《天鵝的喇叭》。

『你要注意！』他說，『尤其是書裡那很白很白的英文。』

我們所討論的，是美國兒童文學作家懷特（E. B. White）的三本書。

馬景賢兄是一位出色的圖書館工作者，因為「生來」就喜愛兒童文學，所以特別留意像一條大河在他面前流過的西洋兒童讀物。他常常抱著一大堆英語國家新出版的兒童讀物到我的辦公室裡來讓我「摸摸」，若干時日以後，再抱回去。他跟張劍鳴兄，都是我的「兒童文學好朋友」。

張劍鳴兄專攻兒童文學翻譯，他蒐集英語國家的兒童讀物像集郵。那些書在他家裡堆積如山，在辦公室裡堆砌像一座城牆。他也常常抱著滿懷的外國兒童讀物來找我：『這些書你應該看看。』然後逐本跟我討論。

兒童文學世界裡本來就充滿一片純真，我們的交往也純真像童話。他們二位的熱情親切，使我在這幾年裡多「玩」了不少不少的書。

有一天，就是在我們討論過《天鵝的喇叭》不久以後，馬景賢兄來看我，從黃牛皮紙袋裡掏出一本淡綠封面的書來，說：『你看看！』

那本書就是《天鵝的喇叭》。封面上畫的，就是那隻用小鏈子把一個喇叭掛在脖子上的天鵝。我翻了幾頁，用「速讀法」讀了幾句那種「很白很白的英文」，覺得非常舒暢。我的印象是，懷特不是那種迷信「文學辭藻類」的作家。他有那種本領，就是能使平凡的語言忽然活躍起來，像有神靈附身，發出一種迷人的螢光。書中那種平凡語言忽然像具有魔力，輕輕撞歪了「文學辭藻論」的寶塔，使那寶塔變成「比薩斜塔」。

我對懷特的讚美是：「一個懂得運用語言的作家」。

引起我注意的是那本書的封底有一幅照片。照片上是一位白髮的老人。他的面前有一部英文打字機。打字機上有一張剛夾上去的稿紙。看樣子，他拍這張照片的時候，大概只「打」了兩三句話。他那篇文章剛「開了個頭兒」。

我端詳那張照片，有很深的感受。這位長者，竟然能在白髮像雪的年齡繼續從事兒童文學創作，他得有多光輝的一顆童心！他多麼像一位頭頂上有光輪的現代聖人。

我拿筆，根據懷特這本書的出版年跟懷特自己的出生年，做了一次減法，算出他是在七十一歲的時候還很愉快的用他的打字機為孩子「打」了一部「脖子上掛著一個喇叭的天鵝的故事」來。再算一算，他的年齡現在是七十五歲了。

我跟馬景賢兄說：『白髮詩人還不能算是天下最純真的人，白髮兒童文學作家才是真正的天下最純真的人。』

他說：『這本書我還沒讀完。過幾天我讀完了，就交給你去享受吧。』

我果然關心起《天鵝的喇叭》，也關心起懷特這個作家來了。

懷特是美國《紐約客》雜誌的主筆跟論文作家。他的散文流暢自然，明白像說話。這種風格，給他帶來了名氣。讀者都相當愛讀懷特的這種散文。他的散文當然也能使文學批評家佩服，不過也使他們「無用武之地」。風格是作家自己的成就，這裡頭並沒有什麼「艱難的東西」可以讓批評家搬出來解釋討論。批評家點明風格，一向只有「一句話」；但是對作家自己來說，那是「最要緊的東西」。

讀者「讀一個作家」所能獲得的純正文學趣味，大半就是那風格。批評家的工作是另外一類。他討論作家寫的是什麼，怎麼寫。

懷特寫過三部有名的兒童文學創作。這三部作品，寫的都是動物。兒童文學批評家都十分讚賞，認為那是十分動人的「另一類動物故事」。懷特的特色，就像一個「懷著特技」的人，總是使那些「設法要使一切系統化」的批評家為難，使那些「科學的文學工作者」不能過「安定的日子」。

他寫的動物，都非常奇怪，都是能說會想而且會做人的事情，跟人交往，生活在人的社會裡。那些動物，除了身體是動物的以外，根本就是一個人。可是這種「動物人」有時候又忽然受到動物界的「生態學」的約束，並不絕對的「超自然」。「把動物跟人扯在一起」，這種奇妙的混合，就是他的寫作原則。

你讀他的作品，有時候會覺得他說的是人，有時候又清醒的看出他寫的是動物。兒童文學批評家讀了，會有一種衝動，很憤慨的握起「春秋的大筆」，可是即刻又會遲疑一下，馴服的放下那枝筆，不願意使那枝筆變成「焚琴煮鶴」的「殺生」的屠刀。

小孩子愛讀他的作品。大人卻在『那怎麼可能？』的疑惑中入迷的閱讀下去。

懷特在四十六歲的時候寫成《小老鼠史都華》。故事裡那個「老鼠人」同時也是一個孩子。小讀者最愛讀書中那個「老鼠孩子」的歷險故事。懷特寫史都華「臨盆」的情形，簡直就把牠當作一個人類嬰兒的出生來寫。起頭兒，你會以為寫的是某一個家庭裡降生了一個嬰兒，然後，你忽然弄清楚他寫的是一個「老鼠家庭」降生了一隻小老鼠。

在五十三歲那一年，懷特寫成他的第二部兒童文學創作《蜘蛛夏洛蒂的網》。這本書使他得了美國「紐伯利兒童文學獎」，並且一直暢銷到現在。懷特在兒童文學世界裡成為知名的人物，主要的就是因為他寫了這本書。從前小學生雜誌社也出版過這本書的中譯本《小豬和蜘蛛》，譯者是朱傳譽先生。

在這本書的開頭，懷特寫的是一個純粹的「人的世界」，可是不久就轉入了「人跟動物的混合世界」了。書中的那隻蜘蛛不說話，可是牠會用蛛絲在蛛網上「打」出英文字母，拼出牠想說的話。他寫得非常引人入勝，非常動人。許多成人世界裡的文學雜誌，都破例的加以評介。

一位五十三歲的作家還肯認真的寫兒童文學創作，已經令人尊敬，沒想到他在七十一歲的時候，又寫成了《天鵝的喇叭》。這就使人不能不對他又敬又愛了。

在《天鵝的喇叭》裡，那隻天鵝還到大都市裡去住大飯店，並且還付小費。這隻天鵝跟真正的小孩子一起上學，長大以後還參加了管弦樂團的演奏。你看看。

一個作家的「正業」，是好好兒鍛鍊他那枝筆，使它成為一枝五彩筆。有了那枝筆，他就能使「不可能」成為「可能」，拓寬了文學的領域，使「文學法則」的量尺成為更有彈性的橡皮筋，使文學的世界更美麗、更多采多姿。

倒過來說，懷特的法則也許可以被批評家接受而成為「懷特法則」，別人如果沒有像懷特那樣的一枝筆，儘管一寸一寸的遵循那法則去寫，也無法完成懷特在兒童文學裡所完成的任務——拓寬文學領域的任務。

一種文學上的什麼的什麼的什麼主義，並不能使一個作家有成就。那種什麼的什麼的主義，完全是文學批評家的事情。他們也有他們的許多事情要做。在文學創作的世界裡，只有一個主義：「深刻動人主義」。但是我們仍然要尊敬批評家。批評家除了忙著把「文學」弄出一個頭緒來以外，往往能防止一個神通廣大的作家變成魔鬼。

教育家對懷特的作品評價是很高的：『他的作品能幫助怯於幻想因而可能完全喪失創造力的孩子在雲端翻跟頭，扶那孩子一把，讓他能循著彩虹爬上空中的樓閣。』

教育家都知道，沒有想像力的孩子，將來不能從事創造。

《大法師》欣賞

年輕導演「威廉・佛烈德金」所導演的《大法師》影片，在提名競爭一九七四年奧斯卡金像獎以後，並沒有順利獲得一個導演熱切盼望得到的一座最佳影片金像跟一座最佳導演金像。這部影片只得到編劇獎跟錄音獎。

這件事，並不說明：《大法師》只在編劇跟錄音方面有傑出的表現，其他各方面都一塌糊塗。其實，《大法師》在一切「方面」也都有傑出的表現，不然的話，怎麼能獲得提名？獲得提名的影片，總得在各方面都相當「整齊」才行。《大法師》所以沒有獲得一個導演所盼望得到的那兩個主要的獎，並不是影片本身沒有「電影技藝」上的傑出成就，並不是導演的才華不夠超群，實在是因為影片本身沒有一個傑出的主題或「至少」是雅俗共賞的正確主題。換句話說，這部影片既不能提升觀眾的人生境界，也不能「老少咸宜」——在主題方面。不過，這並不是說這部影片就不值得欣賞了。你如果想看看導演的傑出技藝，你如果想知道「什麼是電影」，這部影片不只是值得欣賞，而且是「非常值得」欣賞的。導演「威廉・佛烈德金」，是一個很能運用電影的「震懾力」的人。他拍的影片，有一種「電影力」，能使人心驚。看他的影片，等於接受一次電影技藝的「電擊」。在電影院裡的時候，你迷失了自己。

這部影片是根據《大法師》小說拍攝的。這部影片在電影藝術上的成就，也恰好相當於原著在文學藝術上的成就。如果說這部電影的境界不高，那麼，這是因為小說原著的境界也不高的緣故。小說原著很顯然的，對讀者發射出一股「震懾力」，那是一種能使人心驚的「文學力」。杜甫說過「語不驚人死不休」的話，就是因為他體驗過這種「文學力」，而且能運用這「文學力」。文學能使人心驚，也能使人神魂顛倒。

《大法師》影片的一個成就，就是能把那「文學力」轉換成「電影力」。許多動人的文學作品拍成電影以後，竟完全不動人。年輕時候我看過一部黑白的《紅樓夢》影片，印象是「一群女孩子跟一個男孩子在大觀園裡走來走去」，意味盡失。也有影片拍得很動人的，但是那影片「宣布獨立」了，很能得到「不愛看書的人」的激賞。「愛書的人」卻大感失望，完全忽視了影片本身的成就。

文學跟電影有基本上的相同，也有基本上的差異。電影是「動畫」，但是仍然離不開「畫」的本質。

從「動畫」來觀察，文學轉換成電影是「可能」的。文學是一句話接著一句話吐露的，像蠶吐絲，像用筆尖畫線，繞了又繞。電影也是一個畫面接著一個畫面閃現的，跟文學一樣，也是有「步子」的。但是從電影的「畫」的基本性質來看，文學跟電影就有很大的不同。

文學始終是一條細線，是「線的藝術」。「畫」始終是一個「面」，是「面的藝術」。讀文學作品是「駱駝穿過針孔」，精神容易集中。讀「畫」是「老鼠進了大教堂」，一下子看不過來，要分部去看，所以精神容易分散。讀文學作品，我們只嫌一句話裡「東西太少」。看一幅畫，我們常嫌那一幅畫裡「東西太多」。

我們很容易看出來，文學最適宜「偏執」，最適宜「一意孤行」，最適宜「童話似的」自由處理空間問題，也最適宜「脫離現實」。文學可以成為「沒有空間」的存在。文學的線，最適宜「牽著別人的鼻子走」。

一幅畫就不成了。它有累贅的空間問題要處理。它的「主要的意思」不能像文學那樣完全孤立起來，不能明顯的突出，總是要跟「整個環境」牽扯在一起。

一個作家可以自由自在的抒寫自己的悲憤，完全不提書桌上剛買來的大蛋糕，那很貴的洋菸，那一杯香香熱熱的咖啡，因為讀者根本看不見。電影如果要「拍」這個悲憤的作家，就得準備一張「悲憤的書桌」，至少，大蛋糕要換成貝多芬的石膏像。

聰明的導演要拍文學作品，常常只拍「個別的東西」，然後運用剪接。他要製造「孤立的小空間」，不能使它跟整個環境連結在一起。例如拍那個悲憤作家，就不能拍整個書房，更不能拍書房外那陽光明媚、百花盛開的花園。那樣，效果就減弱了。

《大法師》最能傳達原著恐怖氣氛的好戲，都是跟現實，跟大環境隔離的。他把一切的「恐怖」安排在一個小小的「兒童小臥室」裡進行。他在那小小的房間裡「脫離現實」，「一意孤行」，像文學。從這一點來看，導演並不是一個沒有才華的人。他抓住了用「電影力」來表現某一部特定作品裡的「文學力」的技巧，他的「轉換」是成功的。

這部影片是值得看的，因為它具有使人心驚的「電影力」。影片的藝術價值不高，是因為它沒有傑出的主題。不過我們也不要迷信，以為有傑出主題的影片就一定是一部傑出的影片。有時候，那種影片交給一個沒有才華的導演去拍，你就得「懷著極大的同情跟耐性」去看。

看過《大法師》，再想到「威廉·佛烈德金」沒有得獎，我心中就會湧起一個「武俠片子」裡的畫面：一個劍術造詣很高的大劍客，提著寶劍，孤單寂寞，在荒野裡「踽踽獨行」。這個畫面，也使我想起文學作品的藝術價值問題。

第二流的作家有兩種型。第一種是「賣藝人」型，第二種是「傳教士」型。「賣藝人」型的作家，把寫作當作純粹的「學藝」。他最得意的是見多識廣，消息也靈通，所以能習得了最新，最前衛的技藝。他的最高理想是「集百家之長」。

「傳教士」型的作家，完全忽視了文學的技藝，認為技藝毫無價值，甚至否定了文學的「技藝性」，甚至認為「語不驚人死不休」是一種錯誤的創作態度。他希望用毫無技藝性的語言來傳揚一個健全的或可接受的主題，而且夢想能「感人至深」。

文學作品是不能不講技藝的，固然它也不能沒有一個好主題。我們去看一場棒球，並不單為了去看「球員都很有禮貌」。如果我們一看到球員都很有禮貌，就認為那是「一場好球」，那麼球員們的球技都「白練」了。我們看球就是為了看球藝，固然運動場上那些有成就的君子的舉止，也會給我們許多有益的啟示。拿「賣藝人」型的作家跟「傳教士」型的作家相比，還是那「賣藝人」型的作家更接近一個普通人所說的藝術家。

偉大的作家通常都是令人敬重的「探索者」，而且必定從「技藝的探索」開始。他並不是「精通百家」，得意洋洋那一類的人。他探索技藝的奧祕，而且能突破陳腐的「百家」，有了獨特的心得。他雄視群豪，不可一世。這是一個偉大作家成長的第一階段。這樣的一個作家，通常是孤獨寂寞的。他成「器」，他無敵，但是他空虛。

就是這「空虛」，驅使那「天下第一劍」去探索生命的意義，人生的意義。如果他是沒有慧根的，他就會一無所獲。如果他是有慧根的，他就會探索到他跟人群相連的那一根「隱形臍帶」的意義。那時候，他不但成「器」，而且有所「用」。這個沉思者也許會更習慣於孤獨寂寞，但是他的聲音，會使天下的孤獨人不再孤獨，寂寞人不再寂寞。這就是一個偉大作家的成熟。

「威廉．佛烈德金」是一個能運用「電影力」的有才華的導演，得獎不得獎，並不能影響他對自己的技藝的信心。他已經能透視技藝的奧祕。

也許他會成熟，也許他不會。也許有一天，他拍出一部有藝術價值的恐怖片子：朋友、陽光、積極的思想，能克服潛藏在人類內心那個「黑暗荒野」裡的恐懼。

讀《家變》

《家變》是王文興今年新「出」的一本小說。如果要「歸類」，可以在「家庭文學」的「卡片屜」裡為它「立」一張卡片。

這本小說，雖然沒有真正的使紙行裡的六十磅道林紙大大漲價，但是有人形容它是：像《愛的故事》，像《天地一沙鷗》一樣，「臺北為之紙貴」——因為它「銷」得很好。

像少數傑出的文學作品一樣，《家變》只有很少的「故事」。如果一定要說出它的「故事」，那麼「故事」就是這樣：

一個對待父親「很不好」的兒子，在發現年老的父親「悄然」出走以後，很「著急」的到處奔波，要「尋回」他的父親。在「尋找」的時候，悠悠往事一齊湧上兒子的心頭。故事的結尾是：沒有找到。故事裡的主角，成爲一個「不知道父親在哪裡」的兒子。

這本小說是很感動人的，它使讀者讀過以後有很深的感受。它具有一種「震撼力」。

當然大家都知道這本小說的作者是王文興，因為這是封面上已經「印出來」了的。不過，你要是真想欣賞這本書的優點，你一定要先假定這本書是一個「感覺特別敏銳，不幸卻有語言低能症」的人的作品。你要有『聽一個智慧極高的「結巴頦子」傾吐心聲』那樣的胸襟。你要接受作者像接受一個十歲才「聾」的中年才子，雖然目前他跟社會的「語言關係」已經全部斬斷，但是他仍然能夠憑著他「殘缺不全的語言」，吃力的從事「語不驚人死不休」的努力，因為他有「登山則情滿於山，觀海則意溢於海」的才華。

我對於前面的描述，仍然有些不放心，仍然覺得有點兒不夠透徹。讓我再作一次「努力」。

這本小說的作者，就像是美國小說家「威廉．佛克納」，在一九四九年獲得諾貝爾文學獎以後，突然來到臺灣，因為對中國文化極端崇拜，就進入國語日報的「語文中心」去研習中國語文。他天分極高，領悟力極強，所以上課不到兩年，就興起了用中國現代語言寫文學創作的念頭。

「佛克納」他老先生的決定，當然是非常「可怕」的。我們在「中國語言的大海」裡泡了三四十年，仍然覺得要「指揮個性極強的中國語言跳一場優雅的芭蕾」有點力不從心，「佛克納」他老先生才用功兩年就拿起指揮棒！

但是你不必太難過，「佛克納」有他的英美文學的「厚實」的底子。他有他的寫作技巧。他探索過寫作藝術，而且大有所獲。他才智極高，同時經驗豐富。他知道什麼樣的小說才是「好小說」。他自己就是寫過好小說的人。

「佛克納」的中文作品發表了。

現在，你所讀到的是一份「質勝於文」的好作品。那些「怪異」的語言，那種令人同情的犯了「語忌」而不自覺的「率真」，那種以「處理英文的老練手法」來處理中國語言的「值得諒解」的外行，那種以為「語趣」也是「沒有國界」的錯誤想法，在在都表現出他雖然擅長英文寫作，卻因為「語言學」跟「語意學」知識的貧乏，有一部分「努力」是白費了。

「白費」的部分固然是白費了，但是他充分的把文學藝術裡「沒有國界」的部分，介紹給中國讀者，引起了中國讀者的激賞——雖然中國讀者並不接受他的「其實是很糟」的「語言」。

關於這個問題——「神」跟「貌」的「可分割」跟「不可分割」的限度，是文學批評裡已經解決的問題。我對這一點是清醒的。

唐朝「書聖」吳道子，「可以」因為看了裴旻的劍舞，「悟」出了繪畫的技法。「草聖」張旭，「可以」因為看了公孫大娘舞「劍器」，「悟」出了運筆的神韻。一個用現代語言寫作的作家，「可以」因為讀「杜甫」，讀「李商隱」，「悟」出了寫作的技巧而根本不引用「老杜」跟「小李」的辭彙。

如果吳道子看了裴旻的劍舞就「投筆從戎」，張旭看了公孫大娘的舞就改行跳「民族舞蹈」，現代作家讀了「老杜」「小李」就在作品中進行聲勢浩大的「集錦」，那是另外一回事。

我所以要這麼細心的剖析「神」「貌」，主要的原因是《家變》這部小說裡，幾乎到處是『可是他的二哥倒是稀且又稀的才去替他寄出一封回字』這種瘋瘋癲癲的句子，而且這種瘋癲，並不是書中主角的瘋癲，偏偏是王文興自己出面來承擔的。

現在，「讓我們」「開始」討論我計畫中的第二個問題，也就是我剛提過的「承擔瘋癲」的問題。

無論中國社會、外國社會，在「傳統」的觀念裡，文章裡的「語言」就代表作者的「人格」。只有作者用「第一人稱」寫小說的時候，讀者才肯稍稍寬容，承認書中的那個「我」，「可以」不是作者，可以不代表作者的人格。例如「史梯文孫」寫《金銀島》，大家「可以」承認他不是那個「名叫吉姆・霍金斯」「爸爸在港口開酒店」的小孩子。

曹雪芹寫《紅樓夢》，情形就不一樣。大家認為那是曹雪芹在那兒講故事。曹雪芹雖然不在小說裡露面，但是無論如何，《紅樓夢》這本書有曹雪芹的人格「存在」，曹雪芹要為《紅樓夢》裡的「敘述口吻」負責；「下流」或者「上流」，他要負責。

我們面臨到一個問題：如果作者不以「第一人稱」寫作，卻先塑造了一個寫小說的「小說人」，然後再讓這「小說人」去用「第三人稱」寫作，這是不是也是「屬於藝術範圍」的事？

換個說法，如果曹雪芹說：『鳳姐兒嘴裡所說的話，並不代表我的人格。』「習慣上」我們是能接受的。如果施耐庵說：『《水滸傳》第二十二回，「這武松提了哨棒，大著步，自過景陽岡來……。」這句話裡的「大著步」用得恰當不恰當，我可不管！』你能不能接受？

同樣的情形，如果王文興說：『「可是他的二哥倒是稀且又稀的才去替他寄出一封回字」這句子是小說「裡頭」的事，並不表示我主張這樣作文，這樣說話。』

這種「純藝術」的態度，你能不能接受？這也成了一個「現代問題」了。

就像電影裡的「成人電影」一樣，《家變》是小說裡的「成人小說」。我建議《家變》的封面上，應該斜斜的貼著一個細長條的標籤：「書中所有的句子，都經過作者加以變形，已非真實語言，讀者萬萬不可模仿。」

《家變》裡寫「范曄」童年跟爸爸、媽媽、異母二哥一起去逛「草山」。作者沒把它寫成「通俗小說」裡那種空洞的寫景文。「他用敏銳的感覺」去刻畫瑣事，達到令人佩服的深度。我所以提這一段，是因為我很少見過有人能把這麼「無聊」的小事寫得這麼令人動心的——當然，他那「可怕」的，「木訥」的，「稚拙」的，「怪異」的「非語言」，也真夠人受的！

我在想：作者製造這種「沒有口才」的「怪語言」，唯一的好處是可以防止自己跌落「油腔滑調」的陷阱，使作品失去深度。但是缺點是造成了藝術傳達上的「隔」。他要躲避文學創作藝術上「人云亦云」的大忌，胸中卻無「駕馭語言」的雄心。他有「跟語言鬧彆扭」的固執「個性」，沒有「君臨」語言的帝王威儀。《家變》在小說藝術上是有深度的作品；在語言運用上，他止於「門羅主義」，無力「征服」，所以是有小家子氣的。

文學的價錢

《教父》的作者，「馬里奧．布卓」，是「美國的義大利人」。他寫「那本書」成名以後，訪問他的人越來越多：從各式各樣的電視臺來的，從各式各樣的廣播電臺來的，從各式各樣的報館來的，從各式各樣的雜誌社來的。所有的「電視人」、「廣播人」、「報館人」、「雜誌人」，在訪問「馬里奧．布卓」的時候，很少想到一個問題，那就是『一個幾乎天天要「被訪問」的人會不會很累？他會不會因為成名，結果「被訪問」得病倒在床上？』

我的想法是：如果「馬里奧．布卓」真的「被訪問」得病倒在床上，那麼，「訪問第七號病房裡的馬里奧．布卓」又會成為一篇出色的「專訪」或者「特稿」。

我的另外一個想法是：現代的「大眾傳播企業」，在對「把自己的事情做得有聲有色的人」進行訪問的時候，做了一件虧心的事情，有「做沒本兒生意」的不良傾向。他們「忘了」付給一筆「訪問費」。「被訪問的價值」是從那個人本身的價值產生的。你想，你去「攫取」那個「價值」，竟會「忘了付款」，這是可能的嗎？

現代的電視臺已經被「縱容」到成為這個樣子：他們可以「任意訪問任何一個人」，對那個人發出「通知」，『你已經很光榮的被本臺指定為「被訪問人」，請準時「於」某月某日到本臺來接受訪問。衣著整潔，自備往返交通工具，對「被訪問」內容稍作準備，一切不便請預先克服，切勿遲到。奉令「禁映長髮留鬍鏡頭」，為被訪問者個人之名譽計，請於赴本臺之前自行理髮刮臉。謝謝合作！』他們想像，接到通知的人一定會歡天喜地，而且興奮得夜裡失眠。

合理的作法應該是：電視臺先奉上一份「訪問金」，在對方表示接受以後，再共同的來安排一切「訪問事宜」。一切節目製作人，應該向電視企業的「所有人」爭取這一筆經費。

「馬里奧．布卓」一定是「被訪問」得腦袋冒煙兒，所以就想出一個辦法，寫了一篇赤裸裸的〈教父寫作經過〉，當作《教父》那本書的附錄。然後，他對所有「有心向他指油」的「大眾傳播企業」的人說：『關於寫《教父》的經過，以及其他一切我所能想得到的事情，我已經寫了一篇很詳細的文章，當作《教父》的附錄。』然後他很熱心的介紹他們去「買」。

我閱讀「馬里奧・布卓」這篇文章，最發生興趣的是他談了許多「錢的事情」。我認為他的作法是對的，因為他使「文學」一下子變成「很好懂的東西」，使大眾一下子對文學「發生很濃厚的興趣」。

「文學」到底是什麼？給「它」下定義是很難的。不只是對一般人很難，甚至連跟文學最接近，專攻「文學批評」的學者也會弄錯。他們竟說「文學」是一種「知識」。其實他們應該說：『「文學批評」是一種「知識」。』「文學」卻不是。

如果跟專攻「文學批評」的人談「什麼是文學」都那麼難，那麼跟一般人談「什麼是文學」當然「更難」。「馬里奧・布卓」的方法最乾脆。他根本不談『文學，「它」是什麼的什麼的什麼的什麼』那樣繞脖子的話。他說的是他從「文學」裡賺了多少錢。

「他」，馬里奧・布卓，一共寫過三部長篇小說。《教父》是他的第三部。第一部是十九年前（一九五五年）寫的《黑暗的鬥技場》。第二部是十八年前（一九五六年）寫的《幸運的香客》。我只有這樣「譯」這兩個書名，因為我根本不知道那兩部小說裡「說」的是什麼。《黑暗的鬥技場》使他淨賺三千五百塊美金，按一比四十的老算法，也就是十四萬新臺幣。《幸運的香客》使他「少賺了一點」，數字是三千塊美金，也就是十二萬新臺幣。

那兩部小說都得到好評。《黑暗的鬥技場》出版以後，經過書評家的一番閱讀，承認「他」是「有前途的作家」。《幸運的香客》出版以後，書評家「開始」承認那本小說是「小型傑作」。馬里奧．布卓在「出」了兩本書以後，確實對小說寫作，對文學藝術發生了興趣，也有了一些心得。不過他對他的「生活」並不滿意。

在寫那兩本小說的那兩年裡，他固然可以自由自在的躲在家裡寫稿，絞腦汁「受罪」，但是他每月平均收入不過是新臺幣一萬塊錢，還要維持太太跟「一兒一女一枝花」的生活，一家四口，在「一切都要付費」的美國過「每月二百五十塊美金」的日子，並不很寬裕。

更不幸的是兩本小說寫完以後，底下就接不上了。幸虧他總算是個會寫稿的人，總有些熟悉的雜誌社跟他約約稿子，他也就靠那點兒稿費維持生活。事實上他也談不上「賣稿維生」，美國稿費高是高，總不能整本雜誌都用他一個人的稿子。他的最根本的辦法是「借債度日」。

他弄了個有關義大利西西里島「黑手黨」的小說大綱，十頁厚，想去跟出版家「預支一點版稅」來過日子。他當時的條件不壞，有兩本不壞的小說可以作他的

「文學才能的證件」。可惜那十頁大綱老賣不出去。他訪問出版家，談了幾句，出版家就很客氣的站起來「幫他打開辦公室出口的門」。

後來是一個賞識他的才能的朋友幫忙，才把十頁「黑手黨」大綱賣出去，代價是美金五千塊，分期付，最後一筆是其中的一千二，要全稿交清才能領出來花。

《教父》一共寫了三年才寫成（由一九六六到一九六八年），那三年裡，他就憑著美金三千八過日子，平均每月只有新臺幣四千多塊好用。他不得不另外寫些雜誌稿，另外「借些債」。

美國男人「家事多」。有一天，他正在為《教父》絞腦汁，太太派他去超級市場買東西，女兒要他開車送她去同學家，兒子要他開車送他去練球。他受不了，就抱怨說：『煩死啦！你們知不知道我正在寫一本值幾十萬美金的書！』這句笑話，說得全家都笑了。

《教父》出版暢銷以後，他那句「笑話」竟然成真。《教父》普及本的版權費，使他發了一筆美金四十一萬的財，等於新臺幣一千六百四十萬元！電影攝製權賣得早，是在他「鬧饑荒」的情況下賣出去的，只得了美金一千二，等於新臺幣四萬八。

《教父》是《愛的故事》以後的另一部賣錢的影片。好萊塢請馬里奧·布卓親自去寫劇本。這件事使馬里奧．布卓得到一個非常可怕的經驗。他抱怨好萊塢很會「坑人」，勸所有的作家小心。好萊塢答應在寫作劇本的期間，每週付他五百美金；但是叫他住在「比佛利山大旅館」裡寫作，每週的房錢也是五百美金。又答應分給他百分之二十五的影片淨利，但是影片利潤在扣除攝製費用、影棚經常開支跟宣傳費用以後，結果是「〇」。

《教父》出了名，就有一家出版商出了一本《教母》，就有一部義大利片叫作《教子》，這都使馬里奧．布卓心裡很難過。

不管怎麼樣，馬里奧．布卓總算給「文學」下了一個好定義：『不要瞧不起「文學才能」，要是弄得好的話，文學也能一口氣替你掙一千六百四十萬新臺幣。』至於他怎麼艱辛的寫活了一個黑社會頭子的「沉痛生涯」，就沒有人去管它了。大家都忙著掙錢哪。

白居易先生

我常常想，中國的詩人有兩種類型，一種是「父母親型」，一種是「小兒女型」。

「父母親型」的詩人，從好處說，都是非常可敬的。他們關懷社會國家、世道人心，說的都是天經地義的大道理。但是從藝術的觀點來看，他們的詩都相當沉悶，相當「老套」，相當「沒味兒」，相當「八股」，有時候更難免給人嘮嘮叨叨、婆婆媽媽的印象。他們常常忽略了「把思想煮成感覺」的藝術過程，這種過程，有時候也可以形容成：追溯一種思想誕生的「感覺上的原因」。

「小兒女型」的詩人是天真、純真的。他們餓了就哭，凍了就叫，生氣就罵人，著急就跳腳，像嬌生慣養的小兒女。他們是需要社會去疼、去憐惜，去替他們解決問題的。前面提到的「父母親型」的詩人，心中都有一種「社會責任」感。但是這種「小兒女型」的詩人，心中所有的卻是「社會對他有責任」感。

我們可以說「小兒女型」的詩人往往是「只有感覺，沒有思想」。但是從好處說，他們對藝術的愛是純真的，熱心的。他們愛「詩藝」，重視創造，常有新鮮可喜的作品。

「父母親型」的詩人跟「小兒女型」的詩人，中間是隔著一道「溝」的。不過這一道溝卻不是「代溝」，因為「父母親型」的詩人可能是很年輕的，「小兒女型」的詩人也可能歲數很大，「不再年輕」。

「父母親型」的詩人，很可能太重視詩的「作用」，竟忘了「詩」的本質。「小兒女型」的詩人很可能重視詩的本質，卻根本忘了詩的作用。

「詩」也要講「作用」嗎？這個問題不用解答，因為「它」恰好是這兩種型的詩人辯論不休的題目。

其實「詩」是講作用的，不過並不像有些人講得那麼「窄」、那麼「小」、那麼「固執」、那麼「死板」就是了。詩人可能對任何事情感覺興趣，在你想都想不到的事情上發掘到「美」和「意味」。萬一有一個詩人對殺人發生興趣，而且發掘到殺人之美。那麼，他就會使許多善良的人覺得不安，覺得應該不再把紙跟墨水賣給他；至少，為詩人本身的安全，也應該這麼辦。

一首詩除了藝術價值以外，「它」還會對讀者產生影響，在許多方面。那影響可能是好的，也可能是壞的。決定是好是壞的，往往是社會，是群體。

藝術價值跟群體理想相調和的時候，那作品往往是感人的，甚至可以說「必然」的是感人的。詩人的詩被群體所接受，儘管詩人極力分辯他只是「為藝術而工作」也沒有用，因為那「作用」產生了。這裡的祕密是，儘管詩人只是為藝術而藝術，他沒法子避免「品格」的流露。他的「品格」，可能跟群體理想相調和，也可能跟群體理想相衝突。

「父母親型」的詩人格外強調那作用，卻忽略了讀者的「美學上的要求」。「小兒女型」的詩人，感覺敏銳，極端重視「美學上的要求」，卻忽略了詩的作用。在中國詩人裡，非常突出的，想「調和這兩個極端」的詩人，就是唐朝的白居易先生。

白居易的理想，簡單的說，就是：詩人應該以他出色的詩藝為社會服務。這種想法是可敬的，不過並不容易做到。也許有許多詩人願意出來為社會服務，可是寫的詩嘮嘮叨叨、婆婆媽媽，雖然有一片好心，可惜詩藝都不出色，因此作品都不能「感人」。作品不能「感人」，已經失去了詩的作用，還能為社會「服什麼務」呢？

另外一方面，許多詩藝出眾的詩人，偏偏又都對社會沒興趣。謝靈運專心描寫山水，陶淵明躲在田園裡過閒散的日子。李白只關心自己，杜甫服務得也不夠。那麼怎麼辦呢？自己來幹！這就是白居易的氣魄。

白居易對自己的詩藝是有信心的。他在生前，就已經看到自己的作品受到熱烈歡迎的情形，所以他的「自豪」並不純粹是主觀的。他對詩下過苦工夫，他一邊忙著預備考試的功課，一邊還琢磨詩，把自己折磨得面黃肌瘦，頭髮早白，牙齒早掉，眼睛得了飛蠅症，到後來還染上了肺病。

他十六歲寫的那首〈賦得古原草送別〉的詩，竟得到老詩人顧況的賞識，特別喜愛那「野火燒不盡，春風吹又生」的句子。

他那首可愛的小小的五絕〈問劉十九〉，用現代眼光看起來，仍然還是越看越可愛：『綠螘新醅酒，紅泥小火爐。晚來天欲雪，能飲一杯無？』

他的兩篇大詩，〈長恨歌〉跟〈琵琶行〉，更是語花處處，處處語花，有很高的藝術價值。裡面的詩句，一直到今天，還經常被選去做影片的片名，報紙社會版的新聞標題。

蘇東坡批評元稹跟白居易的詩，說：『元輕白俗。』他的批評，用現代話說，就是指白居易寫的是大眾詩歌，很俗氣，也就是沒有藝術價值，禁不起欣賞。這個「批評」，實在不該用在白居易的好詩上。

蘇東坡的「批評」，只能用在「新豐老翁八十八，頭鬢鬚眉皆似雪」，或者

「杜陵叟，杜陵居，歲種薄田一頃餘」這些詩句上。

蘇東坡的批評，雖然無理而且無禮，但是白居易卻沒法子反駁。因為白居易自己偏偏看輕〈問劉十九〉、〈長恨歌〉這樣的好詩，重視的偏偏是「新豐老翁八十八」這樣的沒有什麼意味的詩。蘇東坡對白居易自己所重視的詩下評語，並沒有錯。

現在我們發現白居易的「詩觀」的毛病了。白居易太重視詩的作用，因此他在寫「為社會服務的詩」的時候，就完全不遵循藝術創作的過程。他簡直是「用格律語言」或「用韻文」來說教了。他的詩是「明白」了，可是平平淡淡，根本不能感動人。詩不能「感人」，還能談「作用」嗎？還能「為社會服務」嗎？白居易的極端的「詩觀」，誘導他走到「詩」的範圍外去了。

他建立「詩的作用」的理論，根據這理論來寫詩，結果他的詩卻不能產生「作用」。這是因為他在「愛護社會」的激情中，忽略了藝術創造的過程的緣故。

寫「老嫗能解」的詩很容易。但是寫「老嫗能解」而且還能感人的詩，就比單單寫「能感人的詩」難上千萬倍。白居易的真正課題是在這裡。

我認為白居易的「歌詩合為事而作」的主張，狹窄了一點。一個詩人，只要能跟他的同胞（也就是他的詩讀者）有「同胞感情」就很夠了。他寫一塊石頭，就像寫給他哥哥、弟弟看。他流露真情，是向哥哥、弟弟流露。他悲傷，是向哥哥、弟弟傾訴。他不「在」寫詩的時候，是一個健全的人，有思想，親切。他寫詩的時候，仍然是哥哥、弟弟的兄弟。這就夠了。

一個好詩人，不寫對人有害的詩，甚至不寫對人無益的詩。他寫的是對人有益的，或者至少是對人無害的。這些想法，都跟「藝術活動」無關。不過，「藝術活動」並不是機械的操作，它是「人」的活動。

張獻忠「創作」他的〈七殺碑〉，也是一件藝術活動：『天生萬物以養人，人無一善以報天，殺殺殺殺殺殺殺！』很顯然的，這種藝術活動，連主張「藝術無功過」的義大利美學家「克羅齊」，也不得不考慮考慮我們東方人的智慧了。

讀一首杜甫

一千二百二十三年前，也就是西元七四八年，中國的大詩人杜甫，還差三年才四十歲，在長安，寫了一首使人難忘的詩。那首詩，如果杜甫是現代人，一定會把它的標題「做」成「獻給韋左丞」。那就是有名的〈奉贈韋左丞丈二十二韻〉。

這首詩一共四十四句，逢雙數押韻，一共「押」了二十二次。籠統的說，他押的是現代國語注音符號裡的「ㄣ」韻，也就是現代國語韻書《中華新韻》裡編號第十五，叫作「十五痕」的那個「痕」韻。

不過詩韻並不是發音學，不能分析得太精，太細。《中華新韻》裡的「痕」韻，用漢字來表達，實際上是包括「恩，因，溫，暈」四個韻。所以從發音學的觀點來看，杜甫這首詩是「恩，因，溫，暈」四韻「雜押」，那是很寬的押韻。可是從詩韻的觀點來看，它不寬也不「窄」，押得很整齊。

研究發音學的人，叫他作詩押韻，他是很拿手的；如果寫詩可以不管「意味」的話。現代詩人對押韻已經不那麼堅持了，因為他們發現「押韻」常常損傷語言的自然，損傷動人的意象。從某一個角度看，它更嚴重的扭曲了詩人誠摯的情感。

觀察中國的舊詩，因為押韻的緣故，一般的說，單數句子常常是比較自然的句子（因為它享有較大的自由），雙數句子常常是比較特異的句子。尤其是雙數句子的最後一字，通常不是奇，就是玄，不是玄，就是怪。那是對詩人「抓字」技術的考驗。「抓字」的本領要依賴音韻學的知識，語文能力，跟廣泛的閱讀；雖然得來不易，但是卻多少含有「偷巧」的成分。這樣，詩人就成為「由衷」跟「不由衷」的混合物。這樣，詩的美質——真摯，想像的自由，生命力對現實的突破，直覺經驗的細膩描繪——都要受到破壞。

語言受制於「原始音樂法則」，高明受制於幼稚，精緻受制於簡陋。我讀韻文，並不像聽好音樂那樣的體味到快樂。我體會到某種性質的「取巧」跟某種性質的「不忍」。

『不押韻，那還成什麼詩！』聽到這樣的話，就會想起愛因斯坦的相對論。『押韻，那還成什麼「詩」！』我的獨特的想法，是由我對詩人的敬愛來的。

我對「押韻」這麼小的事情竟想到這麼多，這是因為我常琢磨：像杜甫那樣具有特殊美質的人，如果不必押韻，他吐露的語言一定更「驚人」！更驚人的想像，更驚人的比喻，更驚人的刻畫。他可以不必「可著」韻說話，「可著」韻思想了。

現在，再看看杜甫這首詩的字數。四十四句，每句五個字，五四二十，再來一個五四二十，一共是二百二十字。杜甫如果是一個現代人，按「千字百元」的標準計酬，他只能得到二十二塊錢的稿費。看電影，這筆錢還不夠買一張驚心動魄的《火雷破山海》的門票。理髮，如果自己不帶「頭油」，想用理髮廳的「柳屋髮蠟」，這一筆錢還差三塊。現代雖然有職業作家，但是單靠寫詩維持生活的卻很少。詩的稿費實在太低。有些文學雜誌，詩根本不付稿費，只付幾本「刊登那首詩」的那一期雜誌充數。因此，詩人都要兼差，最普通的是教書。如果不教書，就去當公務員、企業機構的職員、銀行的行員。在這種情形之下，就只有在下班的時候寫詩了。

杜甫的情形也差不多，他的詩也都是在下班或者失業的時候寫的，因為他也是靠兼差來維持生活的。他兼的差事是當公務員，而且相當盡職，有職業道德，也有職業理想。這不值得奇怪，因為中國古時候的作家和詩人所受的教養，使他們覺得大丈夫的第一人生任務是替國家做事；納入現實社會的軌道，那就是做官。所以實際上並不是作家和詩人兼「官差」，而是「官員」為了興趣搞起文學來，或者迷起文學來。

立下遺囑，叫人在他離開可愛人間的時候，替他在墳前豎一塊圓石頭，題上

「詩人吳梅村之墓」的吳梅村，實際上是很關心現實生活的。他的「真實姓名」是吳「偉業」。中國的作家跟詩人的傳記裡，「官至什麼什麼」是一個很重要的項目，這是中國的學生所熟悉的。純粹的「詩人職業」是幾乎不可能的。陶淵明也有一塊「可耕地」。佛洛斯特也種過地，還兼教書，兼演講。詩集的版稅收入也許可能造成一種叫作「詩人」的職業，不過這要等將來。

十八世紀蘇格蘭詩人「柏恩斯」，第一部詩集的出版使他一下子就成了大名，連農夫跟僕婦都節省辛苦的血汗錢買他的詩集念；真是一個「英國的白居易」。詩集出第二版的時候，他一口氣得到版稅四百英鎊（這等於他後來做過的年薪五十鎊公務員的八年的收入），但是這筆錢也只夠這個小財主作兩次國內旅行就弄光了。這情形相當於現代公務員環遊世界一周花掉二十萬。他離開可愛人間的時候是窮困失意的。

要論版稅收入，杜甫應該列入「十名內」。他的財產應該有十幾個「圈兒」。不過杜甫卻享受不到了，因為版稅是「現代才有的奇蹟」，而且著作權法也不保障一個詩人的權益一千二百二十三年！我們不必浪費時間去計算，按目前的情形，莎士比亞可以拿多少版稅一年，因為他老人家已經住在「沒有貨幣」的伊甸園三百五十幾年了。

杜甫這首「獻詩」的「有名」，是因為裡頭有許多詩句現在都已經成為出色的「引用句」。就像莎士比亞的「弱者，你的名字是女人」在英語世界那樣，這首詩裡的「讀書破萬卷，下筆如有神」是每個中國學生都念過的。也像莎士比亞的那一句一樣，因為太「權威」了，就有人加以「反抗」：『弱者，你的名字是男人。』杜甫的那一句，也被「反抗」了：『讀書不必破萬卷，筆下自有鬼與神！』

另外兩句是「致君堯舜上，再使風俗淳」，這對於想形容杜甫是怎麼樣一個讀書人的時候，也很合用，常被引用。我比較特別，偏偏喜歡他的「騎驢三十載」這孤零零的一句。我覺得這句自然的話並不簡單，有很美的意象，並且藏著好幾項文學技巧。它不豔麗，不險奇，不突出，就是那麼美。細心想想，想想，再想想，就會發現那句話能把「對時間的感觸」畫成了圖畫，就會忽然覺得這句話生動有意味；甚至可以形容為「驚心動魄」了。

「騎了三十年的驢」這樣的白話文學技巧，是可以從具有「簡陋節奏」的古詩裡悟出來的。我覺得，現代的詩的「語言節奏感」，實在比古詩裡的一二三四五，一二三四五，一二三四五，活潑多了。比較起來，「詞」的節奏比「詩」的節奏可愛。但是「詞」發展到有固定的詞牌子，發展到成為「填」出來的，裡面的「不由衷」跟「偷巧」就越來越多了。在文言文的時代，詩多少是用「單字」作單位砌出來的，所以「填詞」的可能性也極大（雖然對語言跟思想來說，常常會產生「不由衷」）。以現代語言寫作的詩，是由「語句」這種思想單位「串」成的珠鍊，語言的節奏感「重於一切」，比字數的限制重要，比押韻重要。並不是「押韻」就該算「犯規」，而是應該恢復詩人「思想跟說話的自由」：「韻」像「靈感」翩然降臨的時候，就毫不客氣的押它一韻；但是用不著無緣無故「輾轉呻吟」的「硬押」。我們盡可不必迷信「最優美的思想和意象都是有韻的」那種學說。

這是我讀一首杜甫的雜感。

卷二

作家跟語言

作家跟語言（一）

寫作是一種細活。這種細巧的活動只有人類才有。由動物的眼中看一個正在寫作的男人，樣子實在跟一隻坐在太陽地裡捉蝨子的大猩猩差不多：抓耳撓腮，努嘴皺眉，除了手有些小動作以外，幾乎什麼事也不做。一聲不響靜坐打毛線衣的主婦的樣子，看起來動作都比寫作的人「大」些。

寫作這種事，並不像打籃球那樣講究「外在」的動作。寫作的時候，動作最「大」的是大腦的「內在」的活動。這一切活動因為是在頭殼裡進行，像礦工在地下挖金礦一樣，所以不管裡面怎樣「轟轟烈烈」，外面看起來總好像是什麼事情也沒發生似的。

作家寫海，可是他並沒真正造出一個海來。作家寫山，可是他並沒真正造出一座山來。作家的海，作家的山，都只不過是「一句話」。如果你對一個作家說：『海在哪裡？山在哪裡？我看到的不過是兩行字！』從某一個角度看，你的質問是完全合理的。因為作家寫出來的海，你不能在那裡划船；作家寫出來的山，你不能爬。

那麼，作家是不是沒海偏說海，沒山偏說山呢？也不是。作家寫海，因為他真有海；作家寫山，因為他真有山。不過那個海，那座山，並不在地面上。那海，那山，是在他的頭殼裡面。那海，那山，都是「真正的存在」，像真的那麼「真」，在他的頭殼裡。

我們可以採用「壓縮」這個語詞。作家是把整個世界「壓縮」在他的頭殼裡。那個世界跟外在的世界，所不同的是全染上了個人的色彩，而且是「可指揮」的。像兒童玩積木似的，作家常常拿自己內在的那個世界來「排戲」，像一個「上帝」。

作家，在氣質上，像一個愛拿玩具「排戲」的孩子。他所以寫作，就是為了把他所排的戲搬出來給人看。他的搬法是很特殊的，就是把裡面的「戲」都翻譯成「語言」。一個作家，一枝筆，兩張紙，在那兒「畫符」的時候，就是在那兒熱心的做「翻譯工作」。我們讀一篇作品，所讀到的全是「語言的符號」。這些符號像一條鐵軌，你順著這條鐵軌把自己的火車開過去。像童話似的，你自己忽然變「小」了，火車也變「小」了，「小」得只有一公釐的十萬分之一那麼「大」。小火車越走越「深」，最後就走進了作家「裡面的那個世界」。

像童話似的，作家裡面的那個世界忽然變「大」，大得比科學家所描繪的宇宙還要大。你讀一篇作品的時候，你是先變成「小人國人」，然後你卻走進了大人國。

廣義的說，所有的作家、詩人都是「譯家」。他們把一切東西翻譯成「語言」。但是精確的說，作家並不僅僅是「譯家」，他還要「會排戲」，戲一定得排得好，排得妙，排得深刻動人。他把戲先排好，然後再「譯戲」。當然，這只是一種「靜態分析」，嚴格的說，並不符合實情。

「動態的分析」應該是這樣的：

一個作家，「天生」的就喜歡把他「裡面的世界」裡的一切東西都預先翻譯成「語言」，不管是在白天或者在睡夢中，他一直都忙忙碌碌的從事一種「內在的翻譯」。一切東西，在進入他的大腦以後，他馬上就把它「翻譯」成語言，存放在那裡備用。這樣一來，他腦子裡的宇宙就變成一種壯麗的奇觀。那就是一種「由語言砌成的宇宙」。在他的「構造特殊」的腦子裡，宇宙就是語言，語言就是宇宙，二位一體。

一棵真正的樹，都先變成「語詞樹」，然後存放在腦子裡。他腦子裡的那個壯麗的宇宙，也就是一群壯麗的語言。反過來說，壯麗的語言也就是壯麗的宇宙。「它」就是它，它就是「它」。在他的腦子裡，語詞「花」是有香氣的，語詞「草」是綠的，語詞「水」是透明的，他「語感」豐富極了。

「語言跟宇宙的一元化」，「語言跟宇宙的合一」，是作家的「構造特殊的大腦」的特色。像一塊「變色寶石」似的，你把它放在不同的光下來看，它就發出不同的奇幻的色彩。它是語言，也是宇宙。它是「語言宇宙」。

談到這裡，我們就可以發現前面所說的「先在腦子裡排好了戲，然後再把戲翻成語言」的過程是多麼笨拙了。作家通常都有一般人所沒有的能力，就是「直接就用語言來排戲」。

白居易大腦裡呈現「許多顆大珍珠跟許多顆小珍珠跌落在玉盤裡」這種意象的時候，同時也呈現語詞「大珠」，語詞「小珠」，語詞「落」，語詞「玉盤」。你可以說他是用腦中小宇宙裡許多大大小小的珍珠跟一個玉盤，排出了「大珠小珠落玉盤」的戲；但是你也可以說他是直接用「大珠」「小珠」「落」「玉盤」排出了那場戲；因為這個就是那個，那個就是這個，分不清了。

這個分析，很容易使我們想起另外一個更妥當的說法：

作家很喜歡把「外在宇宙」的一切事物譯成語言，存進「內在宇宙」，因此，他的「內在宇宙」通常就是一種語言的「存在」。

但是作家不但能夠透過語言「讀」到事物，他更能透過事物「讀」到語言，所以他心中的「錦繡河山」，對他來說，也就是「語言的河山」。

事實既然是這樣，那麼，作家在腦子裡「排戲」的時候，實際上也就是在腦子裡「排語言」。他在腦子裡「排語言」的時候，實際上也就是在那兒「排戲」。「語言」既然可以直接拿來排戲，那麼，作家在寫作的時候，他的手所做的事，實際上就等於在「記錄」內在的語言。那麼，「文字記錄語言」，「文學是語言的藝術」，這種說法也就很容易了解了。

語言跟文學藝術裡的「戲」，關係既然這麼密切，作家選擇哪一種語言來構造內在的宇宙，就成為「終身大事」；作家對他所選擇的語言是否相當熟悉，更不是一件可以忽略的小事了。

對一種語言不熟悉，會使作家那個「內在的宇宙」呈現一片「簡筆畫」的景象，一片「殘缺不全」的景象，沒法負起傳導「敏銳感覺」的責任，沒法釀造「意味」。

對一種語言的「最熟精」的駕馭，固然是值得一輩子學習的事情，但是對這種語言的「基本構造」跟「一般的運用方式」卻是應該先學會的。劍術的精進固然是一輩子的事，找來一把劍也很容易，但是無論如何一定要先學會「拿劍」。如果不會拿劍，劍是劍，劍術是劍術，怎麼練法？在從事創作以前，安排一段基本的「語言學習」過程，有計畫的學習語音、語詞、語法、語言節奏，以便使自己知道這種語言裡的種種「風俗習慣」，下一番「入國問俗」，「入境問禁」，「入門問諱」的工夫，也是非常必要的。不會「拿劍」，劍術是永遠沒法兒「發生」的。

從「口傳文學」的古代，一直到「現代文學」的現代，作家跟語言的關係始終是「手跟琴」的關係。文學就是這種關係之下的「演奏」。

作家跟語言（二）

在「老白話文」的時代，大家都相信白話文是一種「文體」，而且事實上也把它當作一種「文體」來學習。學習的方法跟學習古文差不多，那就是「讀文章」——設法找幾篇白話文來念，一遍又一遍，念得滾瓜爛熟。

我們背念古文，目的是要「使古人之聲調，拂拂然若與我之喉舌相習」。這個方法是很苦的。因為「古文」並不是一種「實際的語言」，它歷代相傳，只在古書裡「存在」，裡頭包羅萬象、「什麼東西都有」。我們嘴裡沒有這種「語言」，思想裡也沒有這種「語言」，為了「獲得」這種「語言能力」，當然只有下苦功硬念死背這一條路了。

如果學白話文也用這種方法，那就是假定「白話文」也不是一種「實際的語言」，它只在「今書」裡存在。我們嘴裡沒有這種「語言」，思想裡也沒有這種「語言」，為了「獲得」這種「語言能力」，當然也只有下苦功硬念死背這一條路了。

在「老白話文」的時代，如果有一個人說：『我白話文不行。』他所想表達的，跟『我駢文不行』差不多，意思是他對這種「文體」不太熟習。

白話文既然是一種「文體」，那麼學習白話文當然只有「到文章裡去學了」。或者背誦梁啟超的〈為學與做人〉：『……今天不能作很長的講演，恐怕有負諸君的期望「哩」。』『問諸君，為什麼進學校？我想人人都會眾口一詞的「答道」：為的是求學問。』讓那「哩」，讓那「答道」，「拂拂然若與我之喉舌相習」。

或者背念朱自清的〈背影〉：『我與父親不相見已二年餘了。』『父親到南京謀事，我也要回北京念書，我們便同行。』『唉！我不知何時再能與他相見！』讓那「已二年餘」，讓那「我們便同行」，讓那「何時再能與他相見」，「拂拂然若與我之喉舌相習」。

聰明的現代人很容易看出來，梁啟超跟朱自清，思想是成熟的，情感是成熟的，寫作技巧是成熟的，但是「語言的運用」並不十分「成熟」。論思想的條理，論情感的真摯，論寫作的技巧，他們的文章是「好文章」；論「語言的運用」，他們的文章就不能算是「好文章」了——但是這一點，既然已經「拂拂然若與我之喉舌相習」，也就不容易發覺了。

「國語」的觀念被大家所接受以後，「白話文」的真正性質才逐漸顯露出來。

「白話文」就是「語言」。現代白話文就是「現代語言」，它跟「老白話文」的主要區別，就是不再被人以「文體」的觀念來看待。它，可以說就是真實語言的「本身」。「白話文」的課業，不再是「模仿」一篇「老一點的白話文」。它要從「聽」跟「說」開始，鍛鍊自己的語言能力，使實際的語言「拂拂然若與我之喉舌相習」。

「讀書破萬卷」，在杜甫的時代，不僅僅能增進他的「內功」，同時也能增進他的「武技」。在現代，對寫白話文的人來說，「讀書破萬卷」只能增進「內功」，卻不能增進「外功」。一個現代作家，讀者對他的要求不僅是有「錦心」，還要有「繡口」。讀者要求一個作家的，是「能老練的運用語言」。

一個現代作家，如果只知道「讀書破萬卷」，不在「語言」上「下工夫」，那麼他下筆就沒「神」了。

對一個現代作家來說，『讀書破萬卷，下筆若「無」神』的主要原因，就是缺乏語言的訓練。我們大家都應該虛心的學習國語——為了「文學」的緣故。

一個現代作家的主要修養，除了「讀書破萬卷」以外，還應該用靈敏的耳朵多聽本國的標準語。聽過「千言萬語」的，才能夠「下筆如有神」。

我有一個寫「現代詩」的好朋友問我「道」：『我寫這首詩，下過不少工夫

「哩」，為什麼念出來「乃至」無人領略？』

他的詩「實乃」好詩，不過並不是用現代語言寫的。他念自己的作品「所發出來的聲音」，對大家來說，並沒有所謂「聽覺上的意義」。

詩的創造性最濃。每一個詩句，對讀者來說，都是「新語」。如果詩人再不會「運用」現代語言，那麼，聽起來自然會過分「濃縮」，自然會十分「晦澀」了。

現代人已經越來越習慣用「聽覺」來接受「意義」，這是被電話「寵壞」了的。詩人如果不懂得「安排」跟「巧用」現代語言，總有一天，他念詩給朋友聽的時候，就會像玩「賓果」遊戲：『你們都準備好紙筆沒有？好，現在開始。第一個字：一點，一橫，一撇……』

我相信，「聽」詩的人一定會很「累」。詩人自己也會十分「疲倦」。

一個詩人，一個作家的最高榮譽，是他的作品發表了以後，聽到一片讚歎聲：『一種「新語言」誕生啦！』

這句話的真正含義是：這個作家，用他獨特的技巧去運用「大家的日常語言」，使大家忽然發現到「我們的語言」竟是這麼美，這麼意味深長！

運用真實語言從事文學創作，幾乎可以說是西洋文學的傳統。換個說法，也就是他們的文學一向比我們「白話」一點。因為這個緣故，他們的作家運用真實語言的技巧也就高明些，老練些。他們已經養成習慣了。

這種「傳統」的優點，是一個人看書越多，他的「一張」嘴也就越能說。我們的文學上的成就，植根在「文言的世界」裡。「非真實語言」的書讀得越多，就越變得沒有口才，越變得木訥，越感覺到「有口難言」——因為直接用文言「說話」人家聽不懂，即刻把文言翻成白話又十分吃力。美麗的唐詩，「無力」使我們的國民說話「帶點兒杜甫風格」，「帶點兒李白韻味」。

我們的所謂「會說話的」，所說的話都帶點兒「相聲」意味，京戲「丑角兒」意味，因為我們沒有「用真實語言製作的文學作品」來「豐富」我們的語言，來「優美」我們的語言。

「新語言的誕生」這種至高的榮譽，常常使我們的少數貪心的作家，因為「味於」現代東西方文學「仍然存在」的「語言態度」的差距，不從「鍛鍊運用語言的技巧」下工夫，竟忙著在「充滿支離破碎的語言」的作品裡，煉「單字」像「煉丹」，造起「更」支離破碎的語言來，由「已經沒有人聽懂的文學」，轉化成更幽暗的「甚至沒人看懂的文學」。

一個作家，只有在運用真實語言「達到」爐火純青的境界以後，才有希望創造「新語言」——那是一種「文化」日常語言的才能。

所謂「新語言」，實在是指日常語言的「昇華」，並不指對真實語言的「宰割」。

我的「白話觀」

讀四百年前明朝揚州作家「宗臣」先生所寫的一封信〈報劉一丈書〉，常常覺得他真是一位很會寫諷刺小品的出色文人。他在那一封不過五百六七十個字的短信裡，用更少的字勾畫出一個巴結權貴的小人物那種「使人讀了替他難堪」的模樣兒；而且是用「對話」來描寫的。

不過，由一個「白話人」的眼光來看，總覺得那封信裡所描寫的「對話」，是一些「很有趣的東西」。我們很可以拿那些對話當作資料，研究研究中國作家在「語文隔離」的舊時代是怎樣從事寫作的。

例如那個『因為完全沒有讀過「莊子」的書，所以很純潔的認為巴結權貴也是大丈夫應盡的人生責任』的小人物，可憐受世俗觀念影響太深，竟向貴人的門房遞門包，求門房替他傳達。那個「認為在貴人家裡當門房也是大丈夫的了不起的成就」的僕人，就叫這小人物去站在馬棚裡等。他很餓，聞著馬糞的氣味也很難受，就是不肯回家。一直站到傍晚，那個自己覺得自己「很值得驕傲」的僕人才來跟他說話。

我們聽聽那僕人是怎麼說的。僕人說：『相公倦，謝客矣。客請明日來。』

當天夜裡，小人物連覺都不敢睡。他半夜就起來打扮（一定失眠了），穿戴整齊，坐著等雞啼。雞一啼，他跳了起來，即刻騎馬來到貴人家找門房。門房還沒起身，躺在床上說話。我們聽聽那僕人是怎麼說的。僕人說：『為誰？』

這小人物趕快回答。我們聽聽他怎麼回答。他這樣回答：『昨日之客來。』

僕人聽了氣得不得了，就罵他。我們聽聽僕人是怎麼罵他的。僕人這樣罵：『何客之勤也？豈有相公此時出見客乎？』

這小人物臉紅到耳根底下，覺得一個大丈夫竟落到這步田地，實在值得羞愧。可是他還是忍耐下去，繼續苦求那門房。我們聽聽他是怎麼苦求的。他這樣苦求：『亡奈何矣，姑容我入。』

這一次，他因為「再度」給了門包，所以達成願望，不但又進入馬棚，並且還拜見了貴人。出門的時候，他比進門時候神氣了些，也敢跟門房套拉攏了。我們聽聽他怎麼套拉攏。他是這樣說的：『官人幸顧我。他日來，幸勿阻我也。』

他奔出大門，狂喜的上了馬。路上遇到認識的人，他就搖動手裡的馬鞭，「吹起牛來」了。我們聽聽他是怎麼吹牛的。他這樣吹牛：『適自相公家來。相公厚我，厚我！』

看了上面那一段「介紹」，我們會覺得四百年前的揚州話真怪。我們會奇怪，怎麼現代的揚州人並不那樣說話。到底是從哪一年開始，揚州話才一下子變成現在的樣子？其實，宗臣先生所寫的那個小人物和門房嘴裡的話，並不是真正的「我手寫他口」。他是腦子裡先揣摩那些活生生的話，然後再依照當時作家的寫作習慣，把那些話「翻譯」成文言——當時的標準文字。

我們不應該批評宗臣先生寫的「對話」不真實，因為在他的時代裡，人人都是這樣寫「話」的，沒有人會說那有什麼不對。

我們從他所寫的那些「對話」裡，也可以看出文言跟白話在基本精神上有什麼不同。那神祕的，可愛的，奇特的「語法」。那神祕的，可愛的，奇特的「用字習慣」。彷彿不是在人間！

文言跟白話的區別，是一種「基調」上的區別，因為他們是「運用同一種文字的兩種不同的習慣」，甚至有時候竟是『運用同一個「詞」的兩種不同的態度』。文言文是根據歷代相傳的一種「標準文字」來寫的，白話文卻跟現代語言「一鼻孔出氣」。

文言文「太文」是必然的，因為它根本就把現代語言一腳踢開了。白話文「太白」也是必然的，因為它跟現代語言「太像」。

最明顯的是一些「句的組織」的差異。文言文裡可以寫：『我勝若，若不我勝。』白話文，在語法上，必定會把「若不我勝」寫成「你贏不了我」的這種「構造方式」，不可能寫成：『你不我贏了。』因為白話文在基調上是跟現代語言一鼻孔出氣的，在語法上追求跟現代語言的「平行」。

在「字」、「詞」的運用上，寫白話文的人不認為「跟文言文裡的習慣一致」是一種必要，反而更喜歡追求跟現代語言裡的習慣一致。胡適先生寫過一首歌，提到「古人叫乘輿，今人叫坐轎」的話，也只是指的這一點說的。

許多人誤解，認為這就是說，一個人寫白話文的時候，不許寫出一個「乘」字，一個「輿」字來。如果真是那樣，那麼，現代語裡的「加減乘除」和「輿論」，就只好寫成「加減〇除」和「〇論」了。再說，胡適先生寫的那首歌，是一首叮叮噹噹的「白話歌」，在他說到「古人叫乘輿，今人叫坐轎」的時候，不是也很「平安」的用了「乘輿」這個文言詞了嗎？

在現代語言裡，什麼「詞兒」都可能有：現代詞兒，古代詞兒，白話詞兒，文言詞兒，外語詞兒，譯音詞兒，怪詞兒，不怪詞兒……如果不是這樣，人怎麼說話？現代生活有多複雜，現代語言也就有多熱鬧。

『那一群由美國來的cowboy小心翼翼的在巴黎的大街上走著。』如果你的作品裡真需要寫上這麼一句現代語，難道你偏不寫？為了中國文章不必一定要出現外國字，你頂多把那個英文字換成「靠播椅」或者「牛仔」、「牛郎」就是了。在這句很平妥的現代語裡，竟出現三個「外來語」跟一個《詩經．大雅》裡「維此文王，小心翼翼」的「下句」！

我們沒法兒拿一個「字」來論文白，也沒法兒拿一個「詞」來論文白。文言跟白話的區別，不過是《古文觀止》跟「現代人的說話習慣」的區別。現代人說話的「內容」，可能包括一切，從上帝到太空船，從《詩經》到存在主義。白話文的特色不過是它的「充滿」現代語法，充滿現代語詞，充滿現代「虛字兒」（現代語言的韻致全靠它導引出來）罷了。

許多人計較「白話詞兒」，「文言詞兒」的區分，其實這跟「文學的創造」並沒有什麼大關係。在「文學的創造」上，運用現代語言的能力有高低，對現代語言的「生熟」有不同的程度，區別在那個「分寸」上。

「白話常用詞兒」跟「文言習慣語」所以需要區分，原因全在「語文教育」跟「大眾傳播」的效果上。教兒童讀書認字，偏偏不肯先教跟現代語言一致的「大蛇」，偏偏要教「離兒童會說的語言很遠」的「巨蟒」，這實在是一種完全不懂

「語文學習過程」的作法。兒童學習語文，應該先學習現代語文，先做一個「可以跟人交通的現代人」要緊。

對大眾傳播的效率來說，文白區分的態度應該更「激烈」些。「搬家」就乾脆說「搬家」，何必說什麼「喬遷之喜」。朋友結婚送禮金，乾脆誠懇的寫上「祝你們美滿幸福」，何必翻書找詞兒，或者花錢請「代書」。寫信的老百姓，根本不知道信封上的「啟」字跟信紙上的「啟」字各是指誰說的；這些詞兒跟語言完全脫了節。

許多提倡白話文的人所以被人看作「不文」，看作是「白開水」，實在是他們對這些浪費時間，使人寸步難行，影響工作效率，抵消現代大眾傳播效果，使社會教育進行艱難的文言「應用文」，認為非大大改「白」了不可的緣故。那是他們處理「應用文」的態度。在文學創作上，他們並不是那樣的。

談「白話文學」

英國桂冠詩人「華茨華斯」給「詩」下過定義說：『詩是強烈情感的自然流露。』

這個簡單的定義，優點是「簡單」，缺點也是「簡單」。

在文學的世界裡，確實有一種「定義文學」存在。這種「定義文學」的特質是具有強烈的暗示性，肯定性，專斷性；但是卻很不容易被人發覺，很容易使人接受。

莊子寫稿還要運用「重言」的技巧，編一句話，然後拉出一個重要人物來撐場面，說：『他說的！』是真是假，別人也不大理會，反正說得巧妙就行了。莊子的方式是拿自己的才華，加上別人的名望，完成理論上的「說服」。

「定義文學」卻不必那麼囉嗦麻煩。寫稿寫到某一個重要關頭，忽然冒出一句「人類都是自私的」。那麼肯定，那麼專斷，沒有來源，沒有出處，但是讀者卻接受了，不知不覺的接受了，甚至是「很佩服的」接受了。

一個作者如果懂得用「下定義」的方式來說話，那麼他就已經把握住修辭學裡最高的一種技巧了。它比「揚厲格」，「隱喻」，都有力得多。雪萊那句很有煽動性的話，被人翻譯成：『要是冬天到了，春天還會遠嗎？』就是用反問語氣在那兒下定義。

我們不能不承認，「定義文學」裡確實包括許多才子的動人迷人的佳句。它是值得欣賞的。不過，用欣賞文學作品的態度欣賞「定義文學」是一回事，憑著「定義文學」來認識事實又是另外一回事。

文人下定義，常常喜歡把「定義」本身當作文學作品來處理，像對「對子」似的，不但要講對仗，而且還調平仄。定義越修改越妙，最後終於成為「佳句」，可是扭過頭去看，離事實已經有七八尺遠了。辛苦做成的「定義」捨不得丟，只好丟事實。文學家都有「下定義」的興趣，但是「鬧」到最後，還是「文學第一」，很自私的把定義當作文學來處理。

辭典裡給「詞」下定義的文字大半都不很美，可是它接近事實。一個很有才氣的詩人，如果身體夠強壯的話，把一部厚厚的辭典裡每一個詞的定義都寫得很美，並不是不可能。不過，這樣的一部辭典，一定會大大的犧牲了「正確」。

『植物名，禾本科，多年生草本，莖細，葉狹長，花「穗狀花序」，有短芒，結實可食。』讀這一條關於「燕麥」的定義，我們會覺得很沒味道。可是我們看看十八世紀英國文學家「約翰遜」在他那部「英語字典」裡有名的定義，就會覺得容易接受得多：『一種穀類，在英格蘭通常拿來餵馬，在蘇格蘭卻拿來養人。』多好！

一個含有「定義文學」性質的定義，我們最好只把它當作文學作品來欣賞。這是我們對於定義應該有的第一種認識。

第二：

一切定義，「順著讀」有理，它的「逆定義」卻不一定正確。「牛是四條腿的動物」，這是正確的。但是「四條腿的動物」並不一定是牛。關鍵全在那個「是」字的解釋法。

我們的思考習慣，都有一種「反之亦然」的「不講理」的傾向，相信「逆定理恆真」。我們對於定義的誤解，有一大半就是由這種「心理傾向」引起的。

現在，我們再來說說「華茨華斯」給「詩」下的那個定義。『詩是強烈情感的自然流露。』這句話是沒有錯的。可是「如果」你把它倒過來，相信「凡是強烈情感的自然流露就是詩」，那就不應該（非常不應該）了。犯這種錯誤的人是很不少的。

一個普通人，說慣了粗話的，在他遇到某一件事，看到某一樣東西，「弄」得「情感非常強烈」的時候，他的「自然的流露」，很可能就是：『真他媽的！』（請讀者原諒。）

胡適之先生熱心寫文章提倡白話文學的時候，攻擊者有兩種。一種是很天真的把白話文學的「定義」倒過來念，心中覺得「大大不妥」，因此出來「諫」他一「諫」。另外一種是「非常近視」，不知道寫白話文是一種必然的趨勢，是國民教育發達，「人人都成文人」的局面造成以後的必然結果。因此氣得不得了，為了出氣，故意擇取它的「逆定義」作為攻擊的目標，說「文學完了」，將來只有粗人的粗話才算文學，「我們」（他們）的古典文學作品白念了！

現在，白話文已經成為「事實」，人人都用現代語言寫文章，連反對白話文的人也只好寫白話文反對白話文了。他們一寫就是兩萬字，如果「限定」他們把所寫的兩萬字反對白話文的「粗俗的」白話文「改編」成「優美的」文言文，等於是「惡性」開玩笑。

華茨華斯的「詩」的定義很簡單明快，這很可能是為了定義本身的美著想，同時也可能是為了「好念」。文人下的「定義」嘿！

不過，他還有「但書」，緊接在叮叮噹噹很好聽的定義後面，說：這話雖然不錯，不過，並不是任何題材寫出來的詩都會有價值。價值的產生是靠那個寫詩的人，他有超過常人的活活潑潑的敏銳感覺，而且想得又「久長」，又「深入」。

到這裡為止，他的定義才算「完成」。看了這個定義，我們就會相信「簡單」有時候並沒有好處。華茨華斯最特殊的主張是他也愛「白話」，他要用「人嘴裡的話」來寫詩。可惜他的人很古板，缺乏幽默感，他的語言並不「活潑」。不過，我們可以分析他的主張，知道他的「詩人的條件」是很嚴格的：

第一，思想要很深刻，而且「思想力」要特別強。意思是：不是那種在地面上撿鵝卵石的，而是挖得很勤很深，到地底下掘金子的。

第二，這個人天分要極高，感覺的敏銳要超過凡庸的人。這應該是指那種「錦心繡口」的才子。

第三，他要會說咱們這個時代大家說的話。

這樣的人，他的「強烈情感的自然流露」，他嘴裡的話，自然是相當「詩」了。對一切文學作品，也可以採用這種看法。

黃遵憲提倡「我手寫我口」的文學，淺薄的人還沒有把話聽清楚，馬上就高興起來或反對起來，贊成的跟反對的都犯了同樣的錯誤。一個說：『從明天起，我就是文學家了。我要多寫，盡量的寫，想說什麼就寫什麼，寫我嘴裡的（亂七八糟的）話。』另外一個卻說：『打！』其實黃遵憲說這話是含有相當「藝術的尊嚴」的。在〈拜曾祖母李太夫人墓〉裡，他形容曾祖母疼他，聽說他要錢：拿起「紫荷囊」就往外倒，錢像一堆金鈴滿地滾（直傾紫荷囊，滾地金鈴圓）。

他形容老人家後來健康不如以前，很少出來走動，說：枵杖一直掛在牆上，常常看到蚊帳低垂（後來杖掛壁，時見垂帷帳）。

他形容一家大小在老人家墳前跪拜行禮的情景，說：像密密排列的竹筍，像輕輕彎腰的柳枝（森森排竹筍，依依大楊柳）。

他那個時代，還沒有「國語」，還沒有「國語文」，但是他懂得「錦心繡口」的深長意味。現代新詩的難題是：思想深刻，感覺敏銳的詩人，一嘴話亂七八糟；他「超越」了語言學習的階段，根本不會說咱們的「話」。語言相當流利的，偏又把「語言」當作目的，沒有敏銳的感覺，沒有深刻的思想。而且大家竟都相信二者是不相容的。

其實，白話文學的定義很簡單（我也下定義了）：錦「心」繡「口」的文學——不平凡的腦子，相當有個性的優美的語言。

文白跟雅俗

「糞」，多壞的字，多容易引起人對「髒」、「臭」的聯想！要說不雅，「糞」最不雅了。但是你讀到了兩百七十多年前中國劇作家孔尚任的傑作《桃花扇》最後一「幕」裡的〈哀江南〉曲：『鴿鴿蝠糞滿堂拋，枯枝敗葉當階罩。』你並不噁心，翻胃，嘔吐。你反而覺得他描寫衰敗景象，逼真驚人，有一種使人動心的美，有一種藝術的「香氣」。寫文言文的人在他「集錦」式的建築工程中途如果恰好「記性不壞」，「集」上這兩句，他就要認為是得意之筆了；雖然這並不叫創作。

再讀兩百四十多年前中國詩人鄭板橋的〈四時田家苦樂歌〉：『老樹槎枒，撼四壁，寒聲正怒。掃不盡牛溲滿地，糞渣當戶。茅舍日斜雲釀雪，長隄路斷風和雨……』這裡又來一個不髒的「糞」，不臭的「糞」。我們讀這幾句詩，根本就不管它「糞」不「糞」。我們只是驚喜，覺得語言竟能靠著「暗示——聯想」的作用，塑造出這麼生動的冬村景色，讀了真是享受。文學的真正含義也就在這裡：拿

「語言」來從事「雕塑」，拿語言來從事「描繪」，拿語言來從事「拍攝」，拿語言來從事「演奏」。

我們實在很難拿一個字，或者一個詞，來判定它的雅俗。我們沒有理由硬說「騏驥」才是雅的，「千里馬」就俗了。「騏驥」再雅，如果放在這樣的句子裡：『騏驥肉怎麼賣？酸不酸？一斤多少錢？』它也雅不到哪兒去。「千里馬」再俗，也不會比「糞」俗。最俗的「糞」字，卻能寫出文學佳作來！

「雅」跟「俗」本來是很難說明的。字典的註解人，對這兩個字跟我們一樣覺得頭疼。幾乎所有的字典都採用相似的方式來註解這兩個字：「雅就是不俗」，「俗就是不雅」。我們所能得到的印象，僅僅是：它們是相反詞。

或者我們可以採用「換句話說」的方式來區分雅俗。我們這樣說：雅跟俗，都是對「趣味」來說的。雅是高級的趣味，俗是低級的趣味。不過，這也只是「換句話說」罷了。

事實上，雅俗的區分不可能是很客觀的。所謂「雅」，很可能只是一種屬於個人的品質。我們特別強調「個人的」，這是有道理的。因為雅到產生「一致性」，它就變「俗」了。「俗」到具有「獨特性」，它又「雅」了。因此「雅」的第一特質就是它的「獨特性」。藝術的本質是創造。

年輕的所羅門王向上帝所求討的是「智慧」，不是財富。他的這一番選擇，已經流露出他的特殊稟賦。我相信我們訪問孔子、釋迦牟尼、莊子、耶穌的時候，一定不會覺得他們俗不可耐。他們思想深刻，懂得體會生活，體會人生，說出話來含有深意，帶著靈性，流露靈機，自然是不「俗」了。所以「雅」的第二特質是「智慧」。

可以算是次要的，只能當作陪襯的，可能造成「雅」的印象的，還有知識、見聞跟經驗。這「三寶」如果落在俗氣人的手裡，必然會產生「雅得很俗」的「化學變化」。如果落在雅人的手裡，就產生了「了解跟同情」，使雅人雅得更有深度。

「雅」不可能是很客觀的。俗人就是買琴養鶴，插竹種梅，也還是俗人。雅人沒琴、沒鶴、沒竹、沒梅，也還是雅人。鄭板橋給自己訂了一份「稿費標準」（他的「筆榜」），赤裸裸的說出大幅幾塊錢，中幅幾塊錢，小幅幾塊錢，對聯幾塊錢……並且叫人最好送現款，別送什麼禮物、食品。他坦白承認還是銀子可愛。他用「警告」的語氣「勸導」他的顧客，說：見了白銀心裡樂，寫得、畫得也許更出色！

「庸俗的雅人」都是不談錢的，鄭板橋偏談庸俗的錢。他談得很雅，雅得可愛，活潑天真，但是又「充滿」智慧，一讀難忘。請聽聽他的「雅歌」：『畫竹多於買竹錢，紙高六尺價三千。任渠話舊論交接，只當秋風過耳邊。』這可愛的人！

我們既然已經承認人間有雅人跟俗人的「並不十分客觀」的區分，那麼，我們就不得不也承認雅人吐露的言語跟俗人吐露的言語也有某種程度的差別。在心思的流露上，寫文章跟說話是完全一樣的，所以從文章裡也很容易分辨一個人氣質的雅俗。

雅人寫文言文，自然很雅。俗氣人寫文言文，自然很俗氣。除非是，文言文具有一種高度的掩飾氣質的「偽飾性能」，不然的話，不可能因為是用文言文寫作，一個俗氣人就變雅了。

白話文是用現代人活生生的語言來寫作，把寫文章跟說話的關係拉得更近。人類大腦裡的思維工作，絕大部分是用語言來進行的。人類學會了一種語言，就用那種語言來思想。直接把經過「電腦」三番五次處理過的語言寫在稿紙上，這就是白話文的基本形態。

文言文的特質是完全捨棄當代社會用來互通聲氣的活語言，選擇了一種跟語言隔離的「萬古語」的形式。學習老練運用這種只在古籍裡「存在」的「萬古語」，所費的時間不止「二十載」。一旦學會，自然十分愛惜。公平的說，我們尊敬下過苦功修練這種萬古語，甚至能直接用這種萬古語思想的奇人；這個時代，已經沒有幾個。在現代，為了洗去「開發中」這個用在我們國名上的不雅的形容詞，我們已經沒有時間在每個國民身上花費二十年，把他塑造成精通「萬古語」的人了。那是一種太大的奢侈，也是教育經費上太大的浪費。

在「文學用語」上，文言文漸漸沒落，具有現代精神的白話文漸漸抬頭，這是必然的現象，也是「已然」的現象。我們不否認文言文裡藏有珍貴的中國文學遺產，事實上專攻文學的人也經常在那兒慢慢吸取蜜汁。吸取的是寫作的技巧，歷代創作上的突破精進的精神。那是一種「悟」跟「感」的作業，直接因襲挪用恐怕已經有困難，因為「語言」不對了。

白話文所強調的是「語言本位」，是語言的「時代性」。雖然最淺最白的文章對普及教育有利，但是在文學的創作上，白話文並不拿「膚淺」作追求的目標。雖然在掃除文盲的工作上，白話文最適宜寫「簡單明白的話」，但是在文學的創作上，白話文並不拿「思想的空白」作為美的標準。雖然在小說、話劇的領域裡，白話文最能生動的描摹俚語跟髒話，但是在文學創作的風格上，白話文並不強調「越土越髒越好」。

白話文落在俗氣人手裡，當然雅不起來；落在雅人手裡，它也「俗不下去」。是人，在那兒運用語言。

白話文裡當然要失去文言文（尤其是駢文）的節奏和韻致；但是新的語言的節奏感，語言的韻致，也已經成為寫慣文言文的人所沒法兒把握的技巧。

在現代，學者為了教育青年，愛護青年，也不得不用白話文寫他的著作。雖然在他所處的鄙薄白話文的舊氣氛中，他不得不一再聲明這只是一本「特意」用「俚俗語」所寫的「犧牲品」；實際上他卻已經在用現代語言向他所愛惜的青年敘述他的思想和心得。他並不因為這樣做，氣質上就忽然變得很粗俗。我的意思是說，一個很雅的學者用現代語言談學問，已經成為現代社會對他的要求。用白話文傳播知識，大大拓寬了白話文的領域。文言文裡有金碧輝煌的大觀園，但是牆外白話文的沃原也已經綠到大門前。不久的將來，勝景對勝景，「文白雅俗」的偏見的圍牆就要被綠意所融化。文言就雅，白話就俗，這會是「必然」的嗎？

「真文學」跟「假文學」

林琴南先生在民國八年寫信給北京大學的校長蔡元培先生，那封信的內容是對新文學運動的批評。

林琴南先生是古文家，又是翻譯家，在中國文學史上不能沒有他的名字。他的貢獻最使人注意的是小說翻譯。他使中國的一般讀者「在某種程度上」接觸到西方的文學，而且在隱隱約約之間，透露了西方的「以創作為基本精神」，「認為文學就是一種藝術的創作」的文學觀。這種文學觀，跟舊時代的「以賞玩古典作品為起點」，「以精巧的仿作為最高成就」的文學觀是很不相同的。

我國豐富的文學遺產，應該說是「創作的累積」；但我們傳統的文學觀卻不以創作為基礎，只給創作很「小」的地位，甚至不給。我們對於「妄談創作的人」抱反感：『在光輝萬丈的文學遺產之前，你談什麼「創作」！你「創作」得過古人嗎？』既然不能談創作，該怎麼辦呢？『揣摩跟仿作！』

我們心目中的「文學家」，單指「讀古典作品最多的人」，單指「學誰像誰的人」；並不指那「能用當代的語言，捕捉一種感覺，刻畫一種真情，傳達一種個人思想的藝術家」。換一句話說，如果拿音樂比文學，我們只重視演奏家，並不重視（或根本看輕）作曲家。

很顯然的，一個作曲家不能「一個樂句學自巴哈，一個樂句學自舒伯特，一個樂句學自貝多芬，再配上一個學自修曼的樂句」這樣子的「作起曲來」，「集起錦來」；但是我們的文言文的文學卻充滿這種色彩。

作者、讀者、鑑賞家，都有這種「一貫」的「精神」。一位「師」看到「徒」的文章裡運用古典作品的文句越來越多，就會心跳，感動，狂喜；對於學生的「活人面對真實生活」而「杜撰出來的有創造性的文句」，卻皺眉，嘆息，認為這是一種羞辱，覺得應該壓抑住內心的失望，再加以勸誡。

我們對作家的要求太苛了，我們希望他要具備一個「學者」的嚴格條件。

我們對作家的要求太寬容了，我們只希望他能「襲古」就行。

「文學作品」成為學者的副產品，沒有專業的作家。林琴南先生的翻譯，至少把西方的「專業作家的本色」，文學創作的藝術，多少介紹一點到中國來，多少使人認識一點「一個專業作家真正值得自豪的地方在哪裡」，多少使人認識過去那種「副業性的文學」，「學者的遊戲之筆」的文學，跟真正嚴肅的文學創作有多大的距離。

根據文學史的記載，林琴南先生因為不熟悉西方語文，所以他的翻譯是請一位熟悉西方語文（很可能是英語）的人，「口述」給他聽。他聽一句，「翻」一句。口述的人當然是用的口語，跟西文原書的「語言精神」是一致的。他聽了以後，就把它「做」成古文，然後再寫下來。就這樣子，一個以「語」譯「語」，一個改「口語」為「文言」，工作不停。舉個例子說，在譯完了史杜伊夫人的書以後，就要擬定書名了，當時的情形很可能是這樣：

口述人說：『這個書名嘛，叫作《湯姆叔的小木頭房子》。您看該怎麼「譯」吧。』

於是就「譯」。「譯」出來的結果就叫《黑奴籲天錄》。如果你想再把它譯回去，可就找不到頭緒了。

這就像拜倫的長詩《唐煥》第三詩章〈希臘島國〉，第一行（比方說）是：「希臘島國，希臘島國啊！」我們也可以用另外一種態度把它譯成〈哀希臘〉，『嗚呼，希臘！嗚呼，希臘！』一樣。

他在譯書的時候，卻無意中做了一件了不起的大事。那就是用中國的古文，大量表達西方的觀念，使「從來沒做過這件事」的古文「去做這件事」。這是對古文的「磨練」，使古文成為一種「材料」，拿它來塑造新的美術品。這個嘗試非常重要，因為它可以成為現代語的新文學的理論根據。

語言，是一種材料。你要拿它來塑造新的美術品，可能嗎？答案是肯定的。你可以用日常語言「做基礎」，去表達它從來沒表達過的，去做它從來沒做過的事。你「磨練」語言，擴大語言的性能，正像林琴南先生當年為古文所做的一樣！

現在，我們再回頭說說林先生的那封信。當時林先生正在為古文開拓新境界，忽然聽到有人說古文是「死文字」，當然是很氣惱的。信裡有話這樣說：『……若盡廢古書行用土語為文字，則都下引車賣漿之徒所操之語，按之皆有文法……則凡京津之稗販皆可用為教授矣。』

用現代觀點來看，「盡廢古書」是不可能的，因為古書藏有前人的智慧，前人的知識，值得「存入」電腦，隨時調閱。現代學者也研究甲骨文。某幾種專門學問的學者，必須具備順利閱讀古文的能力。但是堅持現代人所作，為現代人所欣賞的文學作品，非用古文來寫不可，由現代眼光看，卻是無法理解的。

白話文的基本精神是「以語言為基礎」。白話文學作品裡的文句，並非句句都該成為「會話課本」的課文，但是它仍然是「可接受」的「語言」。白話文強調語言的時代性，並不強調「下流話」或「沒知識的人的話」。

所謂「土語」，其實有許多是「生活用語」。我們說得出口，用得很頻繁的生活用語，怎可用文字反而表達不出來？雅言，土語，都該有文字表達才對。

「都下引車賣漿之徒，所操之語按之皆有文法」。這跟現代語言學的「語法觀念」相吻合。這句話是值得推崇的。

「凡京津之稗販皆可用為教授矣」，這一點卻錯了。現代的語言教授必須精研發音學跟語言教學法。他雖然不必能說一口維妙維肖的「目標語」，但是必須「通」它，「熟悉」它，而且能對它作科學的分析。「京津之稗販」，並沒有能力做語言教授。不過他們可以做必不可少的「發音人」，可以當面對學生發音，也可以用錄音機錄下音來，放給學生聽，讓學生作練習。

信中結論說：『總之，非讀破萬卷，不能為古文，亦並不能為白話。』這句話不錯。不過，要做一個好的「白話作家」可沒那麼簡單。「讀破萬卷」，還得「走破鐵鞋」。單單這兩樣，如果天賦「不高」，也只能成個書蠹和「環遊世界的驢」。他還得有很高的天賦，絕頂的聰明，感覺敏銳，思想深刻。最基本的，他還必須熟悉現代語言——由稗販到教授的語言。他必須有「語言的階層性」和「社會性」的認識。

胡適先生在「文學改良芻議」時期，只是想改良「文言文」文學的精神和內容，也就是「改掉」他說的「假文學」和「死文學」。以仿作和遊戲態度「做」出來的文學，當然暮氣沉沉。

到了「建設的文學革命論」，他才注意到文學的時代性，文學跟語言的不可分，文學跟個性的問題，接觸到「創造」的核心。只有以活語言從事嚴肅的文學創作，才能產生他所嚮往的「真文學」和「活文學」。他最高的理想是語言和文學在精神上的再度結合，使中國文學又匯入世界文學的正流。這就是「國語的文學」，「文學的國語」。

語言語言

讀《中央副刊》，看到一篇跟國語有關的「真實人生故事」；很短，但是很「刺傷」讀者的心。下面的「重述」，是透過我自己的語言和想像，把它「繁密」化了的：

那篇文章的作者在美國求學。有一天，學校裡來了一個中國小姐。那個中國小姐的英文程度可能很好，但是她不習慣那種「不用眼睛看的英文」，也不習慣那種「不用筆寫的英文」——她不會聽，也不會說。這並不奇怪，因為中國人一向是只把英文當作一種「並不簡單的符號」來研究的。現在，那些「有極複雜的變化」的「符號」，忽然變成了急雨打芭蕉似的聲音，這個「莎士比亞的女讀者」聽起來當然會覺得「簡直是現代音樂」。

更使她為難的是，她雖然也有些意見要表達，但是她一時又穩定不下來，沒辦法冷靜的，迅速的，用發音器官造出『拿過紙筆來！』這個「有聲句子」。結果，接見她的美國女教師認為她「英文程度不夠」，所以就請前面提到的那個作者來當翻譯。

『我想跟她談談，了解了解她的背景。你能不能當我們的翻譯？』女教師說。

很好，他願意。

女教師就很親切的，很細心的「自我介紹」兩句，又問了幾個問題。那個作者早就熟悉英文的「用聲音來操作」的實際情形。他熟悉這種「語言」。對他來說，莎士比亞也不過就是當年一個熟悉這種語言，而且會巧妙的運用這種語言來寫作，來表達自己複雜的情感和意象的人罷了。

當然，他也知道把這種想法帶回國內來會成為「笑話」。人家一定會罵他說：『笑話！語言跟文學有什麼關係？「語言」是「你來了嗎？請坐，請坐。你去了嗎？慢走，慢走」！「語言」是「國語會話」。文學是文言文。照你的說法，杜甫的詩集也應該改寫成「長安城的會話課本」才算文學？請你回答。』

好，「國語會話」就「國語會話」吧。前面提到的那個作者，就把美國女教師的話，「用」國語翻譯給中國小姐聽。中國小姐聽了，紅著臉，直搖頭。那個作者一看，曉得「關係著」七億人的命運的「中國語言問題」來啦！果然，中國小姐也說起「中國話」來了，整整齊齊的「准單音節語」，但是他聽不懂。他也紅著臉，搖著頭，表示他對「敲鼓點子」那麼快的廣東話沒法兒領會。原來這個中國小姐持有英國護照，是香港去的。

含笑在一邊等著他們「完成翻譯過程」的美國女教師，微微皺起眉頭來了：

『她不了解你所說的？你同樣也不？』她問。

『我們彼此不了解。』那個作者苦笑著說。

『你們兩個不都是中國人嗎？你們不都說一種語言嗎？你們彼此不了解？我不了解！』女教師說。

『不。』那個作者說。『我說的是「曼德令」，她說的是廣東方言。』

『我不知道「曼德令」，我不是修「東方語言」的。「曼德令」不是中國話嗎？中國人不了解中國人所說的，這是可能的嗎？』

『中國是一個很大的國家——』那個作者說。

『美國也是。』美國女教師說。

『中國是一個很大的國家。』那個作者繼續說。『但是因為土地遼闊，山川阻隔——』

『我們也有許多美麗的山脈跟河流。它們美妙極了！』女教師說。

『——山川阻隔，而且交通不發達——』

『交通？我不了解。它「混亂」了我。我很抱歉。』她雙手一攤，聳聳肩膀，

「敲響」她的皮鞋，走了。留下兩個「彼此不能交談」的中國人，她走了。

她根據她對英語的認識而自然形成的，單純的「你們的語言」的觀念，不夠了解「複雜的東方」。

當然，她對於中國複雜的「語言問題」，只要「聳聳肩膀」就夠了，因為她不是中國人，幫不上忙，也用不著為這種事操心。可是我們自己中國人可不那麼輕鬆。雖然也有人對這種問題採用「聳聳肩膀」的態度，不過大部分的中國人都為這件事難過，難過極了。

例如前面所提到的那個作者，那個中國留學生，就呼籲我們要積極推行國語，不但要普及全國，並且要推行到地球上每一個有華僑落腳的角落，因為我們的「語言問題」使外國人對我們「聳肩膀」！「聳肩膀」就是「不敢領教」。「聳肩膀」不一定只表示「我不了解」，它同時也是「簡直莫名其妙」，也是「你們亂七八糟的，到底是怎麼回事」！

有自尊心的中國人，嚥不下這口氣。不過，我們的反應不應該是：『語言不通就語言不通，用不著誰來管！』我們的反應，應該是埋頭努力，積極推行國語。只有語言的「黏合力」，才能使這個民族的生命力匯成巨流。「書同文」使我們能各自坐在書房享受過去的文化，「語同音」使我們能手拉手齊心合力建設我們的未來。

我們應該由「相對無語」的「書同文」，邁進到「互訴衷曲」的「語同音」；使「懷古」的，「寂靜」的「文字文化」，注入一股「掌握現實」的，「活躍」的「語言活泉」。

我們都珍惜我們的「文學遺產」。我們都體會過兩千年前的文學作品跟兩千里外的文學作品一樣能使我們受感動，只要我們能歷盡艱辛的去克服「語言的歷史障礙」跟「語言的地理障礙」。但是我們並沒忘掉「用現代語言創作」就像「閱讀現代語言文學作品」一樣，是我們必須學習的技巧跟迫切的需要。

我們的文學作品過去所以會長久停留在「文言文」的階段，所以會不得不「忍痛」讓它跟當代語言脫節的主要原因，也是因為遲遲不能「語同音」，全國沒有統一的語言所造成的。在沒有「國語」的古代，如果一切文學作品都用現代觀念裡的「語言」來寫作，那麼《史記》就只有陝西人看得懂，〈桃花源記〉只有江西人看得懂，〈滕王閣序〉只有山西人看得懂。這些好文章只有「三西」人才有福氣欣賞。因為那時候沒有國語的推行，所以只有遵循「文學作品的寫作，一律採用文言文」這個無形的標準，使「文學的活動」有個舞臺，能夠普遍；但是同時也不得不忍受「斬斷文學跟語言的交流」的大痛苦，代代沿襲下來，很少改進，一直到「昨天」。

現在我們有國語，文學的「製作」有所依憑，文學的精神有所寄託，文學跟語言是交流的。文學欣賞對我們再不是「只限於學者獨享的，寂靜的，艱深的智力操作」了。文學對我們呈現親切的外貌，再不是「隔膜」，或者「冷僻」的了。文學真正成為「有意味的語言」，由無聲變有聲，在「意符」裡注入了「活語言的生命」。文學正式行了「冠禮」。

「語言問題」實在是相當複雜的。「國語問題」實在並不只是「請教貴姓」，「敝姓陳，耳東陳」這樣學幾句簡單會話的問題。

中國語言

大家都記得林琴南當年的憤慨：『若盡廢古書行用土語為文字，則都下引車賣漿之徒所操之語，按之皆有文法，則……矣。』他的「則什麼什麼矣」，「則什麼什麼矣」的聲音，是令人難忘的。

大家再讀讀下面的文章：『「老子」是個樸素的自然主義者。他所關心的是如何消解人類社會的紛爭，如何使個人生活幸福安寧。』這是抄的一位現代學者在他的學術著作中所用的語言。多文雅，多清新！哪裡像是那些「拉車的」，「叫賣各種流質的小販」的口吻。林琴南並沒有料到，「行用土語為文字」，結果竟是這麼美滿。

林琴南的另外一個顧慮是「盡廢古書」，他又「料」錯了。現代學者，無論中外，研究「老子」的興趣，始終那麼濃厚，甚至「更」濃厚。老子對於實際事務的處理雖然不一定很拿手，但是他的「智慧」，連那些一向「行用土語為文字」的外國人也對他著了迷了。中國的這位「智慧老人」，使人類沉思。

林琴南應該注意到，他當年的「名重一時」的翻譯中，所譯的「小仲馬」、「迭更司」、「斯各脫」、「史拖活夫人」的作品，原作也都是「行用土語為文字」的。我們似乎沒有理由瞧不起「行用土語為文字」，因為人家也「出」了個「雨果」，出了個「莎士比亞」。

中國的「文學革命」雖然含有很濃厚的「文學思想革命」的意味，但是這裡頭如果減去了「白話文運動」，剩下的就沒有什麼了。因為文學革命如果單指文學思想的轉變，那麼用古文譯「赫胥黎」、「亞當斯密」、「孟德斯鳩」的作品的嚴幾道，用文言文譯《巴黎茶花女遺事》、《塊肉餘生述》、《黑奴籲天錄》的林琴南，這兩個福建人早都是最大的「革命者」了。他們等於一個倡導「思想的科學精神」，一個倡導「文學的創作精神」。

白話文運動的最大貢獻，是呼籲：『生存者的語言，在他們的思想跟文學中應該有它應有的地位！』白話文運動就是替當年已經奄奄一息，瀕臨死亡邊緣的可愛的「中國語言」爭取這個尊貴的地位。國語運動者更提供了挽救這個「大語言」的最佳途徑。

如果當時真有研究「中國大語言衰亡史」的學者，那麼他一定會有這樣的描述：

『這個大語言因為千年來沒有偉大的政治家的積極提倡，一直沒有走上「凝聚生長」的大道，反而越分越細，趨向「離散」，形成「原始小村落」狀態，未來的命運是從地球上消失，被一種更有活力的外國語所取代。目前，這個偉大的語言，已經失去了生命力，它在這個偉大民族的思想跟文學中，完全喪失了地位。』多令人驚心！

也許當年胡適先生只是為了改革「文學的用語」，但是他的主張卻挽救了中國語言的滅亡。

一個民族的「語言」，如果竟在它自己的思想跟文學中喪失了地位，那麼，儘管這民族在古代有最出色的思想家，儘管這民族有出色的古典文學作品，它的現代學者在研究它，討論它，闡述它的時候，就會因為發現自己的語言「過分原始」，只好借用「較適於表達思想邏輯」，「較適於傳達文學意念」的外國語了。對一個民族來說，這是另外一種形態的滅亡，因為它在人類文化遺產中雖有古埃及金字塔文化似的崇高地位，但是它「不在」現代人類的思想跟文學的舞臺。

白話文學運動如果跟文言文學有爭執，那種爭執也是一種基本精神的爭執，並不是一詞、半詞，一句、半句的爭執。

文言先生說：『看哪，我們的文學遺產多豐富（這個遺產大家都愛）。因此，我們的文學用語就仍舊用這種古文好啦！』

白話先生：『不行啊，我們得用現代的語言啊，照老樣兒下去會糟糕的呀！』

文言先生：『你是指那引車賣漿之徒所操之語？那不可以，你簡直是要盡廢古書嚜！不行，古書絕對不可廢。』

白話先生：『我沒說要盡廢古書。但是，語言絕對不可亡！』

文言先生：『不盡廢古書就好。現在，我們平心靜氣討論怎麼樣使語言不亡吧。』

白話先生：『好。我們得用現代語言寫作文學作品。』

文言先生：『你是指那引車賣漿之徒所操之語？那不可以，你簡直是要盡廢古書嚜！不行，古書絕對不可廢！』

這種對於「中國語言」的「永恆的誤會」，一再延遲了中國語言的進步。從前有一個妙人李四，也表示要「大大提倡國語」，但是他給國語的「地位」是「媒介語」，意思是「打招呼的土語」。他誤用了一位法國大將軍的格言，大概是說，「文字是精華，語言是糟粕」。可惜他不知道那位大將軍所說的「文字」，就是指法國式的「行用土語為文字」的「文字」。李四堅決不肯讓「中國語言」在思想跟文學中有地位。

現在，我們的情形大大改變。我們的國語，已經在思想跟文學中取得了正統的地位。我們用國語寫學術論著，我們用國語寫文學作品；而且事實還證明我們對「古代思想」跟「古典文學作品」的研究興趣，反而比以前更濃；不但我們中國人「濃」，外國人對它也「濃」，為了好奇，甚至更「濃」。

中國語言的「復興」，在國父孫中山先生用國語演說三民主義思想的時候，就已經露出了黎明的曙色。這六十年來，它又從「飄零」慢慢走上了「凝聚」的路。它，我們的國語，雖然剛剛走上「凝聚」的路，剛剛走出它發展史的起跑線「六十秒鐘」，但是我們已經可以看到它的浩浩前程。

它凝聚我們的感情，凝聚我們的意志，凝聚我們的民族生命力。未來新哲學思想的誕生，必定會用國語記錄在一部一部厚厚的著作裡。未來的優美文學作品，胡適先生所說的「國語的文學」，會使你的外國朋友驚訝的說：『奇怪，你們的語言「天生的」那麼適合於文學寫作，那麼優美，那麼有節奏感，那麼鏗鏘有聲！唉，我不得不承認，我們的語言只適合於寫……。』

其實，這裡頭不可能有什麼「神祕」在。這是用國語寫作的經驗豐富了，技巧累積多了，而且連那最細膩的感覺，最豐富的想像，「竟都用國語來表達」的緣故。世界上哪一種大語言不是這麼「長大」的？如果不列顛島上那些居民的語言能

「出」了個莎士比亞，我們的語言就應該更「能」啊！我們期待著這逐漸成熟的語言，有一天跟一個思想成熟、錦心繡口的才子相遇，美材遇到大匠，於是，像其他民族的語言一樣，一個不是奇蹟的奇蹟也照樣發生了。

中國文言

中國的「文言」不是一種真實的口頭語言，因為真正使用「這種語言」的真實社會，在中國歷史上從來沒有出現過。換個說法：在中國的歷史上，從來沒出現過一個真實的社會，一個省或者一個縣，是把「文言」當作他們生活上的用語的。

如果我們想找一個會「說」文言的「標本人」，我們一定會失望。這種人，在中國歷史上也從來沒出現過。用文言交談，用文言買菜，用文言吵架，用文言打電話，這都是「不可想像」的事。

在桃園國際機場對歡迎者說「今日抵此，得與諸君相晤，吾心甚樂」的美國大學東方語言學系的學生，看到面前一張張驚愕的臉，「不懂」的臉，一定會很不安，責備自己沒有把「發音」學好。其實他的「發音」再好也沒有用，因為他所學的「華文」，所學的「恰擬似」，恰好是「並非真實語言」的那一部分。他說的話，恰好是「從來沒有一個中國人說過的話」，當然會使中國人驚訝失色了。

中國的文言，是一種很特殊的「存在」。它不是「真實的語言」。它是一種很有趣味的「筆語」，用現代觀念來形容，也可以說是一種「印刷語」。雖然在現代中國已經不是這樣了，但是在古老的傳統的中國，一個中國人從真實的生活中學習真實的語言，從「印刷品」中學習「印刷語」，完全是一件「天經地義」的事。中國人用真實的語言來思想，來交談，這一點跟世界上任何民族，從最「開發中」的到最「高度開發」的，完全一模一樣。但是中國人另外用一種「十載寒窗」的方式來從事訓練，使人口比例上占少數的「古讀書人」，也能夠在腦中「經營」「印刷語」，然後用這種「印刷語」來寫作，使自己的作品成為「印刷品」。這一點，就跟世界上任何民族不大一樣了。

在古老的傳統的中國，一個人如果不讀書，他就只有一個「語言世界」；如果讀過「書」，他的「語言世界」就有兩個：一個是「真實的語言世界」，一個是「書中的語言世界」。讀書人一向能使用「兩種語言」。在開口的時候，他使用真實的語言。在提筆的時候，他使用「筆語」。

這兩種語言的「隔閡」，並不像「行用土語為文字」的外國知識分子所說的「寫出來的文章當然不會跟說話完全一樣」那麼簡單。這兩種「語言」的隔閡，就像中間有一道城牆。跟一個讀書人談這兩種語言的隔閡，是不會有什麼結果的，因為他本來就「兼通」這兩種語言。這就好像我們常聽兼通中、英語的人，竟說出

「中國語言跟英語有許多相同的地方」的話一樣。不會英語的人一定非常驚訝，因為中國語言跟英語根本是兩種不同的語言！

如果你跟《紅樓夢》裡的薛蟠談這件事，他的見解就會比較客觀得多。他跟賈寶玉在馮紫英家裡跟幾個「交際女郎」喝酒，行酒令。賈寶玉領先「說」了四句「女孩子的悲愁喜樂」，說：『女兒悲，青春已大守空閨。女兒愁，悔教夫婿覓封侯。女兒喜，對鏡晨妝顏色美。女兒樂，秋千架上春衫薄。』當時，眾人聽了（他們都懂得一點「印刷語」）都「說道」：『好。』只有薛蟠揚著臉，搖頭說：『不好！該罰！』大家問他憑什麼。薛蟠就「道」：『他「說」的我全「不懂」，怎麼不該罰？』在這一點上，薛蟠的客觀態度，接近一個冷靜的語言學家。

薛蟠，這個只懂得真實語言的人，在「行酒令」這種屬於「印刷語」的活動裡，根本「沒有事情好做」。逼他說「女兒愁」，他就說個「繡房鑽出個大馬猴」。賈寶玉唱的「新鮮曲子」是「印刷語世界」裡的「滴不盡相思血淚拋紅豆」。逼薛蟠唱，他不熟悉「印刷語的世界」，只能像「初期的白話文」一樣，唱出：『一個蚊子哼哼哼。兩個蒼蠅嗡嗡嗡。……』製作非常吃力，當然更顧不得情調。

薛蟠的故事，實在是對「這兩種語言的差異」的最好的說明。如果有人為中國的文言寫一部「中國筆語發展史」，他很可能這樣下筆：『中國的「筆語」，最初只不過是一些簡單的「非抽象」的「語詞」，概略的記載一些事物。它不但不能像真實語言那樣有情調，有「語氣」，甚至連「語詞」跟「語詞」中間的關係，表達起來也非常吃力。用語法的術語來說，它不但沒有「助詞」、「嘆詞」，連「連詞」、「介詞」都不齊全。在最初，它實在比真實的語言幼稚得多。』

到了第二章，他就會這樣寫了：『但是許多動筆的人看出了這種「筆語」的簡陋，就向真實的語言裡去吸取營養。他們的基本態度，是要好好兒經營這種「筆語」，使它壯大，使它也能像語言那樣「有聲有色」。他們的興趣不在真實的語言，他們所「經營」的也不是真實的語言。從慘淡經營到逐漸壯大，「筆語人」為自己造成一個獨立自足的「另一個非真實語言的迷人世界」，成為連外國語言學家用「二分法」所區分的「書寫的語言」跟「口頭的語言」都不能包括的特殊的「存在」。它實在是語言學家的研究對象以外的一種「類語言」。』

到了第三章，他就要分析這種「類語言」的特質了。他「寫道」：『這種奇異的「語言」，除了不具備一個「使用這種語言的真實社會」以外，除了它僅僅以「字」的形式存在以外，可以說「語言」的要素完全具備。它有一套特殊的「語音」（在它的世界裡，「入聲」永遠不「消失」），有一套特殊的「語詞」，有一套特殊的「語法」。在中國，沒有人討論到怎麼「說」這種「語言」。人人討論的是怎麼「寫」這種「語言」。這種「語言」的傳播，主要的是靠「視覺」。它雖然不能用來交談，但是可以用「朗誦」的方式彼此交換運用這種「語言」的經驗。』

中國人學習這種「筆語」是很吃力很吃力的。他們要用十年到十二年的時間，專心致志的「朗誦」，才能夠把這種「實際生活裡並不存在」的「語言」運用精熟。中國歷代有才氣的知識分子，經營這種「非真實的語言」興趣都很濃厚（當然那是由於環境的暗示），結果中國歷代「思想的果實」跟「文學的花朵」都「存放」到這個「非真實的語言世界」裡去了。「真實的語言世界」竟成為一座空空洞洞的倉庫建築。這是跟其他民族不同的地方。

中國過去「全民教育」的不容易實施，民智的「不開」，跟這種「兩種語言」的困擾大有關係。每一個中國人的腦子裡，像堆著一大疊「外國語練習卡片」。在讀到「騏驥」的時候，趕緊翻到卡片背面，才知道是「千里馬」。想寫真實語言裡的「狗」的時候，趕緊翻到卡片的背面，才知道應該寫「犬」。這多累贅呀！

白話文運動以後，中國知識分子「開始」「經營」「真實的語言」。大家「開始」把思想的果實跟文學的花朵「存放」到「真實的語言」這邊的大倉庫裡來了。有才氣的知識分子為了苦心經營「真實的語言」，當然會向發出寶石光的「中國筆語的世界」跟「外國的語言世界」裡去吸取營養。這情形正跟當初「文言文」的「童年期」一樣。

現代中國人對自己那一筆非常豐富的思想跟文學的遺產，必定會像「蜜蜂飛落在花心兒」那樣的去吮吸精華，這是沒有問題的。「文言文的時代」雖然沒法兒再挽回，但是在「歷史的平面上」，它像一個美麗不朽的花園。只要「超越時間」的書籍存在一天，千千萬萬的遊園人說到就到。從歷史的觀點看，凡是「存在」過的，就永遠不消失。如果我想慰藉我的鄉愁，只要我願意，只要我輕輕走過現代語的橋，現在就可以到陶淵明的桃花源裡散散步！

愚公與郭橐駝——向胡哲齊先生致意

十二月十日，胡哲齊先生在《國語日報》的「語文週刊」發表一篇文章，標題是〈我想〉，副題是「兼問子敏」。他那邊一摁電鈕，我這邊燈就亮了。這篇文章就是為那篇文章寫的。

我跟胡先生認識已經好幾年了。但有趣的是，一直到現在我們兩個人彼此還沒見過面。我們是寫信交朋友，而且信還寫得非常「節省」：平均每年一封。他給我的信幾乎從來不談別的事，專談語文問題。我們在信裡也打過小規模的「筆仗」；當然不是「臉紅脖子粗」的那一類。胡先生只要發現我的議論中有「固執」傾向，他馬上就會拿出「給往前直衝的犀牛讓路」的態度來，豁達，寬容——讓我自己去撞樹。

我所以覺得跟胡先生非常熟悉，主要的原因是常常讀他發表在《國語日報》的文章：條理清楚，層次分明，好像在做幾何學的「證題」。他有些話不怕說得太清楚，我想這是為了追求推理形式的完整。胡先生最初給我的印象是：「他是學科學的」，「他受過嚴格的科學訓練」。這並不是完全沒有根據的。後來讀到他發表在《國語日報》「科學」版上的文章，更證明我的猜想沒有錯。他知識的領域非常寬廣，熟精許多方面的學問，甚至能提筆談曆法。他會不會學的就是天文學？我對他非常佩服。他很喜歡《國語日報》，讀得非常仔細，常常蒐集報紙上有問題的文句，集中起來作精審的語法分析，不知不覺的運用起他的科學方法來。他解剖病句，像個外科醫生，刀下常帶溫情。他下手的時候，輕重很有節制，目的只是為了求真；不像李逵使朴刀，一怒殺四虎；也不像公孫大娘舞劍器，專耍花樣。報社裡的一群朋友，都很欣賞胡先生的態度，但是也常常互相警告：『下筆可得謹慎，別讓胡哲齊挑出毛病來！』

胡先生喜歡寫語文雜感，討論語文問題，文章裡總要找個機會，提一提「子敏」，一點兒也不避嫌的稱讚一番。因此，這裡又流行起一個話料兒：『今天胡哲齊又在那兒捧子敏的場啦！』

在這兒，我應該作個很特殊的分析，算是插曲也好。

我這個「子敏」並不是「子敏」。「子敏」只不過是我所創造的一個「茶話人」。他只不過是我在紙上的「存在」。我是「柯南．道爾」，「子敏」是我的「福爾摩斯」。我是「卡爾．安德遜」，「子敏」是我的「小亨利」。因此，我的腦子裡也常有一種『我的「子敏」』意識，就像「柯南．道爾」跟人談起「我的福爾摩斯」一樣。要是有人當著我的面稱讚「子敏」，我的感覺就像「卡爾．安德遜」聽到人家稱讚『小亨利很有意思！』一樣，只知道替「他」高興，並不覺得這跟「謙虛的美德」會有什麼衝突。只是在「經濟」方面我覺得有點兒虧心，因為「子敏」辛苦賺來的稿費，全成了我的買書錢啦。我不知道將來怎麼跟他算這一筆帳！

現在，我們再讓莊周跟蝴蝶恢復「物化」，我回到茶話人「子敏」的身分，繼續說我們的故事。

胡先生很賞識「子敏」，我當然非常感激，但是更使我感激的，是他盡心照料「子敏」，設法使「子敏」寫文章不出錯兒。

有一次我寫「茶話」，忽然靈機一動，要引述十八世紀英國詩人「格雷」已塑造成功的「孤寂黃昏」的意境。天快亮了，我熬了一整夜，為了守信交稿，臉色慘白的硬撐著，已經失去記憶能力，也失去查書體力，只盼望能趕快完篇，創造一次「潛意識寫作」的奇蹟。我手扶著筆，筆自己用「義僕救主」的精神往下寫。它寫出來的那個詩人的名字卻是「德萊頓」！報紙印出來以後，我完全清醒，查書，大驚。就在第二天，胡先生的信到了。他用英文抄下整節「格雷」的原詩，叫我「小心」！

他懂德文、英文，對文學作品並不陌生。他會不會是學文學的？這樣的一個人，我的「霧裡的朋友」，竟對白話文那樣關心，可見他是沒有偏見的；至少，他的嚴格的科學訓練，使他一心想做一個理性的，沒有偏見的人。我感覺得出他的熱誠。我對他懷著敬意。

我敬愛一個人，並不拿「見解完全相同」來做條件。兩個人的見解，可以有「一點」不同，「三點」不同，甚至「九點」不同。我敬愛一個人——我不撒謊——通常都是因為他的「出色」的特質，哪怕他的見解跟我完全相反。這是「緣」。

我的白話文並不好。我的文言文更糟（也許比邱吉爾童年的拉丁文好一些）。白話運動前期的健將，手裡都有兩張王牌。要比白話，他甚至能寫「王婆罵街」；誰敢瞧不起白話人，他把袖子一挽，扔出白手套向人挑戰，約期比一篇駢體文，兼比書法。那豪氣！在那個時代，他們不能有「太」多的時間好好兒耕耘白話文，這是必然的。我們現在只是耕耘的問題。

胡先生是主張「在白話裡盡量利用文言」的。我不贊成他的主張，因為我不贊成他把重點放在這個地方。

我主張把重點放在「大家用現代語言寫文章，看看能寫出什麼有意味的東西來」。

胡先生在〈我想〉這一篇文章裡，提出他的最高原則，就是：文白合一即文白並用（文白二派言歸於好）。其實這就是我們的語文現況。我認為根本用不著提倡，因為它本來就是這樣。我的理論是：文白雙方如果都停留在現況，兩樣都會僵化。文言文應該接續林琴南的傳統，往前推進，用文言寫現代詩，寫意識流小說，寫劇本，寫散文。白話文應該接續胡適之的傳統，開始從黑白進入彩色，從平面進入立體，從清水進入結晶，從「無聲無色無香無味」進入「有聲有色有香有味」。不然的話，雙方會成為一對握手的化石。

胡先生談到：『社會習慣之牢不可破，猶如一座山。以愚公之誠，有了神助，才能成功。你自問有這麼大的神通嗎？』這是因為他所看到的地理景觀跟我不一樣。

我看不見山（也許離此地「七、八世紀遠」的唐代是有一座好山），我看到的是一片「植物不多的現代沃土」，所以我用不著移山，也不會作那個手拿鋤頭，「叩石墾壤」的愚公。我寧願作那個「業種樹」，「隆然伏行」，「能順木之天」的郭橐駝。哪怕只能種「半棵」樹也好，只要快快樂樂的做。

胡先生最厲害的是他問：『子敏之能寫〇〇的白話文（他又稱讚我了），是不學文言的成果嗎？』把我逼到懸崖邊，使我不能不坦白。

我是讀「小狗跑，小貓跳」長大的。中學的國文老師是「文言白話都要背」的，所以我會背〈背影〉、〈春〉、〈一個小農家的暮〉、〈最後一課〉。但是背文言卻很吃力，因為它不大能「順人之天」。高中我的國文老師是激烈分子，沒有一堂課不痛罵白話，白話作文一律只給六十分。我們都躲他。其實他是關心我們未來的「文言職業」。他不能預見現在的「白話職業」竟會這麼多。大學階段我享受最多的自由，因為我的老師幾乎全是白話文寫得很出色的大家。我是他們教出來的學生。

我「研究」文言文，用圖解法分析句的構造，用圖案來畫出篇章的布局；查《辭源》、《辭海》，私下做一種「用現代語言寫出古人佳句」的遊戲。不過我並沒有用「古語」來寫作的那種野心，我只是覺得文言有趣，有可愛的歷史芬芳。這是生命力投資的問題。我用將近十年的「寒窗光陰」來學國語，學現代語言。我出聲念過的國語注音讀物堆起來比我一個人還高。對我的寫作影響最大的是：趙元任博士漂亮的「國語留聲片」，幾百部國語電影，造成近視的廣泛閱讀，還有我自己的思想。

坦白完了。
我很誠懇的在這裡向胡先生請安。

卷三

文學裡的意味

文學就是語言

從前有一個視力是「零點幾」的人，到巴黎羅浮宮去看東西。走到一個大廳，他看見一群樣子並不比他聰明的人，圍著一樣高高白白的物件，帶著仰慕沉醉的神色，嗡嗡嗡的發出低聲的驚歎和讚美。

『那是什麼？』他想，就擠進人群，像為了職務必須進入「群眾球體」核心的警員，抬頭一看，是一個沒有胳臂的高大、健康、美麗的女人；不是男人。原來他所看到的是一件雕塑藝術裡的無價寶——一八二〇年在希臘「米洛斯島」出土，一向就陳列在羅浮宮，叫作《米羅的維納斯》的維納斯女神大理石像。

一般鑑賞家對這座雕像的評語是：容貌動人，軀體琢磨得柔和滑利。當然這只是一般的。從雕塑藝術的觀點來看，這座「殘廢」的雕像真可以說是達到了「完美」的境界。她的兩條胳臂的「碎塊」雖然在出土以後不久就失蹤，不曉得是掉在哪個角落裡跟許多平凡的石頭混在一起，再也無法辨認，或者是被哪個農家的孩子拿去玩打仗扔進深谷裡；但是這種殘缺不全並不影響藝術的完美，正像一部優美的文學作品雖然只剩下十幾頁，把它從垃圾箱裡撿起來的人也會看得入神一樣。

你一定也有這種經驗，好的文學作品是可以隨便挑幾頁，甚至挑幾行來念念的。那些有意味的語言，只要你一接觸，就捨不得放下；只不過才念了五七行，你就會有很深的感受。天才的光芒並不是非等你念到「全文終」才能夠「閃耀」出來的。由應用文的觀點來看，條理，層次，邏輯，常識，都是最重要的。但是文學作品不是這樣。

詩是要講究格律的，現代詩是要講究「主義」的，但是既然是文學作品，它們都得通過一個很「可怕」的考驗，就是：語言要有味兒。詩的生命，跟任何形式的文學作品一樣，全在「有意味的語言」，不在其他的地方。

九百多年前宋朝的邵雍，所寫的《擊壤集》，是一部有意寫作的「非詩集」。這個大學者成心用詩的形式來寫筆記，記錄嚴肅思想的片段；也許這僅僅是為了備忘，日後好作參考，因為他也是一個大思想家。他的一首〈生男吟〉是這樣的：『我今行年四十五，生男方始為人父。鞠育教誨誠在我，壽夭賢愚繫於汝。我若壽命七十歲，眼前見汝二十五。我欲願汝成大賢，未知天意肯從否。』

你不能說那些語言「沒道理」，不明白，不過確實太不「詩」了。他的語言太「無意味，沒趣味」了；雖然在結構上它是完整的——我的意思是說，它是「整首」呈現在眼前的。

另一方面，『月是故鄉明』這沒頭沒腦的五個字，一首詩的八分之一，卻有一種並不很平常的意味，使人覺得它有「杜甫風」。當然，它本來就是「下筆如有神」的杜甫寫的。

短篇小說是特別要講究結構的。「歐·亨利」最擅長製造評論家所說的那種「令人驚訝的結局」，整篇小說的發展，全為的最後那個出人意料的收場。可是大家別忘了，如果「歐·亨利」是個語言無味的傢伙，誰還讀他的小說？而且，事實上是，「沒有意味的語言」根本沒法兒造成「令人驚訝」這樣的效果。

有許多在英文裡很美的現代詩，中國人一「仿作」就使人讀起來像嚼報紙。這是因為作者讀了原作那種很有意味的語言，就先興奮起來，大談「主義」，忘了文學的本質，忘了「語言」這一關。他的中國語言是乏味到極點的，跟那個「英語詩人」的「英語」比起來，相差十萬里。雖然在「主觀」上硬說「我的這個就是他的那個」，「他好我也好」；可是實際上雙方的語言能力差距太大，「我的這個並不等於他的那個」。詩的生命在語言。用自己「有味兒不起來」的中國語言去談別人「用有味兒的英語談過的事」，並不等於自己的語言也有味兒了；如果自己的語言根本就是那麼乏味，就只會「砌字」的話。

大家不要忘了我前面講的故事。我自己也沒把它忘了。那個視力只有「零點幾」的人，站在「第一排」，聽背後的人，像禱告似的，不停的低聲讚賞《米羅的維納斯》，就動了好奇心。你一定不知道他「動」的是哪一種好奇心。不過，你也不用害怕，我的故事是雅潔的。

他故意站在那裡不走開。好容易等到背後那一個「人波」走散了，才趕緊趁著第二「人波」還沒來的時候，向前邁到鼻子距離雕像只有兩英寸的地方，伸出右手的食指，輕輕在雕像身上一碰，恍然大悟，也忘了回頭去看看背後有沒有擔心的管理員用臉上兩盞小探照燈照他，就相當大聲的說：『石頭！』

他的意思是說，原來大家所讚美的偉大的藝術品，竟不過是用石頭做的！

我的意思跟他差不多。我想說的是：大家所讚美的偉大的，或優美的，或動人的，文學作品，都是「語言」做的。也可以說：文學就是語言。不過在引用這個定義的時候，要留心它的「逆定義」卻是有條件的。我沒說：『語言就是文學。』

用「二分法」來區分語言，當然這是為了給文學下界說才這麼分的。語言有兩種。第一種語言是「實用的語言」（「實用」並不等於「次一級」），這種語言追求的理想目標是「明白」，「清楚」；越明白越好，越清楚越好。它必須使人知道它的「意思」。不是「有意思」、「沒意思」的「意思」，是『你說的是什麼？』

的那個含義的「意思」。

第二種語言是「文學的語言」。我談的是本質問題。我知道我的話會被誤解，所以應該有個簡短的聲明。我說的「文學的語言」並不是指『從古代「文學」作品裡摘出來的句子』，也不指『從三〇年代「文學」作品裡摘出來的句子』，我不是那個意思。

我說的「語言」是指「思索的產品」或是「苦思的結晶」的那種「語言」。更明白的說，我說的「文學的語言」，是指杜甫用來寫詩的那種性質的「語言」，那種「如有神」的「語言」，並不是指抄下來的杜甫的句子。這種語言，對杜甫來說，是「讀書破萬卷」的收穫；對白居易來說，是「齒衰髮白」的代價。我指的是用來寫「大珠小珠落玉盤」的那種性質的語言。我沒說：『趕快把這一句「用」在作文裡。』——像有些人對文學的理解僅限於「那樣」那樣。

「文學的語言」不只是使人明白，它還應該有味兒，帶著很濃的個性，幾乎可以說是作者個人獨有的。文學的語言應該「前無古人，後無來者」。文學的世界所以那麼熱鬧，就是因為它有三萬種「前無古人，後無來者」的完美有味兒的「文學的語言」，一個出色的人一種。從心理學的觀點看，人讀文學作品有幾個原因：好奇，對新經驗的渴求，對單調、平凡、因襲的厭倦，寂寞，苦悶，悲傷，憤怒，痛苦；因此必須「找個人談談」。讀文學作品就是「找個人談談」。他找的人當然不會是「應用文世界」裡「尋章摘句」的專家。他會找一個比他「想得深」，「想得長」的。他會找一個語言跟他相「通」，可是又說得很有味兒的，哪怕只是講個故事。找到這樣的人，他就覺得滿足跟安慰。

文學就是語言。文學不過就是幾句出色的話。我這樣說，因為這是我讀文學作品的感想。

語言跟「平凡」

在提筆寫作的時候，我們一個個都成了「貝多芬」，手裡忙的是「寫音符」，是「在五條絲線上高高低低的畫滿了豆芽菜」，但是心裡「響」著的，卻是「音樂」——我們的手忙著在紙上寫「立人旁」、「三點水」，但是心裡「響」著的，卻是叮叮噹噹深刻多姿的「語言」。

貝多芬為了留住小提琴的「西施」聲，大鼓的「龍虎」聲，為了留住單簧簫的「斯文」，小喇叭的「矯健」，他不得不「畫音符」、「寫樂譜」。我們為了怕自己的語言被自己所忘記，為了留住「出色的語言」像貪心的孟嘗君留住他的幾千賢士，我們不得不「寫字」。

樂譜的生命在「演奏」，不能演奏的「啞樂譜」只不過是一幅「最拙劣的圖案畫」。如果有一個君子，心中並沒有音樂，卻對樂譜的視覺美「產生了好感」，用鋼筆在五條線上巧妙的畫出了種種可愛的圖案，那麼，他對人類精神生活上的「貢獻」應該歸入另一類，不必「勉強」稱它為音樂。

在文學的領域裡也一樣。如果文學作品竟成為「非語言」的，竟成為不能談，不能說，不能提，不能講，不能引述，不能念出來給人聽的一種「存在」，那麼，這種「並非不可能」的，「屬於視覺」的「符號藝術」，為什麼不替它在「繪畫」裡找一個「更超越」的名稱？

文學的生命在「語言」。文學的藝術，文學裡的意味，實際上是由「出色的語言活動」產生的。「白話文學運動」對中國文學最大的貢獻是指出「文學」是我們精神生活上最迫切需要的一種「語言活動」；非常高級，非常細膩，但是，它「是」一種「語言活動」。

我們懷想莎士比亞的時代，那些倫敦人看完「莎劇」回家，嘴裡念著「弱者，你的名字是女人」（顯然是一個含有偏見的佳句）。我們懷想雪萊的時代，年輕人模仿著他的語氣，高聲吟唱「狂野的西風啊」，帶著豪氣的念著「要是冬天到了，春天還會遠嗎？」我們會覺得他們是很幸福的。

我們懷想白居易的時代，他的詩句的「往往在人口中」，我們也忍不住要為那時代「口中往往有白居易詩句」的人道賀。他們也是幸福的。評論家認為白居易的「成大名」是因為他的作品力求通俗平易。這種斷語，可能不是白居易自己所愛聽的，而且確實也大大抹煞了這位「大珠小珠落玉盤」先生作品中的藝術價值。

這個愛詩的人，這個為了學習寫作把自己弄得剛二十幾歲就已經「齒衰髮白」，眼中有「飛蠅症」的大詩人，一向是很自負的，自認為作品是很「工」的。他的真正成就，實在是「相當懂得運用當代的語言」！一向「文言」慣了的評論家，不曉得他「到底真正在幹些什麼」，當然只能從「表皮」上尋出「力求通俗平易」的結論。一個詩人，一個作家，所以能夠不朽，全看他對人類精神生活貢獻了些什麼「優美的質素」，絕對不會是因為他把作品「弄得很平凡」的緣故。白居易不自覺的「運用當代語言」的成績，使他的作品能「安慰更多的人」。他的大受歡迎，是「人類需要文學」的最好的說明。人類心靈上的「孤島」，全靠「語言橋」跟別的島聯繫。文學就是從「語言橋」通過的「優美質素」。一個偉大的詩人或作家，是一個偉大的「輸出者」。他把「優美的質素」經由一座座的「語言橋」輸入各島。

我們甚至可以這樣說：白居易的成功算不了什麼，令人動心的是「語言的成功」；語言的成功也算不了什麼，更令人動心的是「文學的成功」。文學通過語言通過白居易，像春風「綠化」了大地。我們從白居易寫給元稹的那封混合著「謙虛跟自負」的〈與元九書〉長信，由信中提到的他的詩到處受人「關心跟愛惜」的情形，就像看到一個「文學在人間」的繁榮畫面，那是很動人的。

一個詩人，一個作家，應該把心中的形象「雕塑」在「語言的大理石」上。文學並不僅僅是「可憐的紙上的符號」。文學從心到唇，從唇到心，幾乎可以「被形容」為一種「躍動」，一種「生命」，並不僅僅是「紙上的符號」。文學所以會「淪落」成「紙上的符號」，唯一可能的原因是它「脫離了語言」。

有一個很「悲慘」的故事：一個畫家，完成一幅畫以後，把他的作品拿給最親近的朋友看。他的朋友看了，大吃一驚，不敢出聲，因為畫布上根本沒有畫。那個畫家所使用的顏料，是「超出人類色感能力」的顏料。鄙視無辜的「語言」的人應該知道，如果你不用當代語言寫文學作品，你用什麼「語言」來寫作？用一種實際並不存在的語言，那是「不可能」的。

我們承認「平凡的語言」是平凡的，但是一個不平凡的人運用「平凡的語言」卻可以造成動人的意味。因此，正確的說，一個「文學的句子」，也就是一個「語言的奇蹟」。我們欣賞文學作品，有時候就是為了「飽嘗」這種語言的奇蹟。

這種「奇蹟」，「詩」裡最多。

你知道不知道有一種「愛」，就像「用整個沙漠去愛一株仙人掌」？你知道不知道有一個愛國的詩人說過：『我的血管是黃河的支流，中國是我，我是中國。』同樣的血管，另外一個詩人對它的稱呼卻是「臂上的小青河」。

你知道不知道有一個詩人，勸人「摘一張更大的荷葉，包一片月光回去夾在唐詩裡」？大家都知道唐詩裡「月光」是很亮的。

有一個瘦詩人形容自己「單薄的身子就像晾在風中的衣服」。另外一個詩人「正午站在陽光下」的時候，感受到像「樹」一樣的歡欣。

詩人看雞，他看到的是「雞，縮著一隻腳在沉思」。

詩人到了他鄉，夏夜在山中乘涼，抬頭看天，就去數他「從家鄉帶來」的七顆北斗星。

詩人在河邊遠眺，看到歸航的機帆船，他的特殊視覺，使他覺得看到的是「機帆船啣著整條河」向他開過來。想想那氣勢！

詩人眼中的噴水池是這樣的：從清冽的池底開始，先有「根」，然後向上、向天，抽出了「樹身」，中間有一段短暫的顫動，一種「動的靜態」，貯備著「力」，忽然就「枝葉繁密」的向四方直瀉。你是看過噴水池的。

在陽光普照大地的時候，詩人看到的是一條「橙紅金黃的羊毛氈」從腳邊一直鋪到南方。

有一個詩人，每天到酒吧去的時候，他相信是「鞋」把他「運」過去的。

詩人會把「果實」形容成「秋天出版的最動人的書籍」。

大詩人佛洛斯特去世的時候，我們的詩人說他是「在全世界的新聞裡」倒下去的。

詩人在「不同意」的時候，例如對「碧姬芭鐸」，他會說：『她的唇是兩塊用了再用的吸墨紙。』成為「最美麗」的「罵」。

我的意思是說：語言當然是平凡的，但是那個「運用平凡的語言」的作家，本身必須是「不平凡」的。如果他寫出來的作品很平凡，他不應該怪「語言」。

語言的意味

「文學的事情」事實上就是「語言的事情」。不過，「文學的語言」跟「平常的語言」是有區別的。有一個人曾經很激動的說過：『文學的語言不是平常的語言。文學的語言是「高級的語言」！』我覺得這種說法是很好笑的，因為它很容易導引出這樣的結論：平常的語言是一種「低級的語言」。是不是？

我們平日拿來跟朋友交換意見，跟太太表達情意的「語言」，竟是一種低級的語言？太胡鬧了。

我擬了幾對「相對的稱呼」，相信比那個人的說法強得多——因為是我自己的：

平常的語言是「應用」的語言；文學的語言是「運用」的語言。
平常的語言是「習慣」的語言；文學的語言是「創作」的語言。

王國維先生（一八七七—一九二七），一個懂得「創作的莊嚴含義」的學者詩人，在他的那本《人間詞話》裡舉了兩個有趣的小例子：

『紅杏枝頭春意鬧。』著一「鬧」字，而境界全出；『雲破月來花弄影。』著一「弄」字，而境界全出矣。

我們可以來觀察這兩個小例句：

「鬧」字，在「應用的語言」裡或「習慣的語言」裡，是「胡鬧」、「吵鬧」、「瞎鬧」，是「鬧饑荒」、「鬧酒」、「鬧房」、「鬧性子」。「紅杏尚書」宋祁在他這個有名的句子裡，「運用」起這個「鬧」字來，竟說紅杏是在枝頭那兒「鬧春意」！

王國維先生評這個句子是全仗著一個「鬧」字，才使它「境界全出」。用我們的「語彙」來說：紅杏尚書運用這個「鬧」字的那種「文學的態度」，使他的語言「出味兒」，也就是使他的語言產生了意味。

平常的語言是「明白清楚」的語言；文學的語言是「充滿意味」的語言。

「明白清楚」是平常語言的美德；如果使人聽不懂，當然就是「缺德」。「充滿意味」是文學語言的美德；如果「沒味兒」，當然也是「缺德」。

再看看第二個例句。「雲破月來花弄影」裡頭的意味，也全在「花在月光下賣弄她美麗的影子」這個地方——像新娘拉裙低頭鑑賞自己的禮服一樣。這是「三影・張」張先的文學的語言。

一個人學習寫作通常都要經過兩個階段。第一個階段是「語言的學習」。第二個階段是「意味的捕捉」。「語言學習」的及格，使別人可以很自然的像聽人說話那樣的去讀他的作品。「意味捕捉」的成功，會使別人像愛聽某人說話那樣的愛讀他的作品。

「作家—作品—讀者」這種結合的成功，跟「新郎—新娘」這種結合的成功一樣難得，一樣可貴，一樣要靠「緣」。除了準備大考的學生以外，世界上沒有一個人會自覺有「讀別人寫的東西」的義務。話雖然這樣說，一個人學習寫作，前面所說的兩個階段總是要走的。

在學習語言的階段，我們所學的是一種「表達的風俗習慣」。我們不必像傻子那樣，一種語言還沒學好，就先成為一個「對那種語言的批評家」或「反對派」。學一種語言就是跟那種語言「混熟」。它的大街要走熟，它的小巷也要走熟。我們學習它合科學的部分，也學習它的不科學的部分。學習它的「滿有道理」的部分，也學習它的毫無道理的部分。「對語言的研究」是一種科學。語言本身不但不是科學，而且相當的「反」科學。它是一種「文化的大雜燴」。

學習語言就是學習「行規」，學習「應用文」。一個現代人不熟悉國語而想寫白話文，幾乎是「不可能」的。

有人說，白話文寫得好的，文言文「不一定」寫得好，「而」，文言文寫得好的，白話文卻「一定」寫得好。這種說法是值得懷疑的。

事實上是：白話文寫得好的，如果他沒學過寫文言文，他「根本」就不會寫文言文；寫出來也是亂七八糟的。擅長寫「紙上語言」的文言文的人，如果「國語不熟」，他寫出來的白話文也一定陰陽怪氣，不但「毫無語言節奏感」，甚至「毫無語氣」——因為他根本沒「練」過。我讀過許多這種「卻一定寫得好」的白話文，唉。文言跟白話的不相通，是一種「語言不通」。想從事寫作的人，不要忽略了這一點。

文言文對白話的「有用」，是在學習寫作的第二階段——「意味捕捉」階段。多讀古代文學作品，可以品嘗到千萬種「文學的風姿」。雖然在語言上那些「古典美人」是「纏足」的，但是人性還在，意味還在。它能透過「悟」跟「體會」的過程，使你的語言有意味。你可以學習到，古代作家真正成功的原因根本不在「文言詞」上，而是他們懂得怎麼取景，怎麼對照，怎麼利用光影，怎麼「搖鏡頭」。

對一個現代作家來說，他應該懂得「導演」他的現代語言，使他的語言去作「跟古人一樣出色」的演出；使他的語言跟古人的古語一樣有意味。文言對白話的「有用」，就在這點「刺激」或「觸發」上。

不過，使一個作家的語言有意味，使一個作家的語言成為文學的語言的，並不僅僅限於「多讀文言文」。那種效果太有限了。文學語言的誕生，是由作家敏銳的「感覺」跟「敢於表達那種感覺」的勇氣來的。感覺敏銳卻羞於表達，不是大丈夫。「毫無感覺」卻大膽「集錦」，不是真君子。「有謀無勇」跟「有勇無謀」，都無法產生文學的語言。

舉一個「長例」。

美國第一個使舊大陸「瞧得起」的作家「華盛頓．歐文」，在他的名作《李伯大夢》裡，提供了許多「美國白話文」的「意味」的實例。那是「敏銳的感覺」跟「適當的勇氣」的結晶品：

他形容一座山的山色會隨氣候的陰晴發生變化，說：「因此附近的主婦都拿這座高山當作現成可靠的晴雨表」。

他形容李伯的怕老婆，有「一次閨房中的訓話，勝過教堂裡無數次的傳道」的句子。

形容李伯人緣好，有「附近一帶的狗，從來沒有一隻對他吠叫過」的句子。

寫李伯挨太太罵，逃到大門外去，歐文說：『這才是懼內的丈夫最應該待的地方。』

李伯的狗『也像主人一樣怕「太太」』。狗進門是「一臉喪氣相，用眼角偷看李伯太太，只要主婦手中的掃帚、水杓稍微舉高一點，牠就先慘叫著竄出大門外」。

他談到李伯太太的嘴厲害，說：『舌頭是唯一越用越鋒利的有刃工具。』

在英語世界裡，「過著狗一樣的日子」是指極端悲慘貧賤的生活。李伯安慰他的狗（狗名叫「狼」），竟說：『可憐的狼啊，你女主人讓你過的是「狗一樣的日子」……。』

他也寫景，寫赫德遜河上「懶洋洋的帆船」，寫山「把長長的藍影子罩住附近的山谷」（黃昏，高山用影子把山谷蓋住）。

「古文辭類纂」式的文學理論，實際上是一種「應用文」的理論，它所討論的是「高級應用文」的製作法，這是大家所知道的。我們應該設法避免受到那種「非創作的文學觀」的不自然的影響。

《國語日報》黃驤先生寫〈愛的故事譯後記〉，形容《時代》週刊的「暢銷書」專欄：只有兩塊「大溪豆腐干」那麼大。如果我是金聖歎，就要評他一個字：「好」！

文學的本質是一種「發生」。喜歡文學的人，應該珍惜天賦敏銳的感覺，並且要有勇氣去經營，去表達那種感覺，使語言也「發生」一點意味。

文學裡的意味

細心讀白居易的〈琵琶行〉，就可以發現他對於那個「很會彈琵琶的婦人」的出場，交代很不清楚。不只是「出場」交代不清楚，甚至到了「江州司馬青衫溼」這全詩第八十八句都寫完了，他還是「不肯把話說明白」。

我們先看看那個「很會彈琵琶的婦人」是怎麼「糊裡糊塗」登場的：

……尋聲闇問彈者誰，琵琶聲停欲語遲。移船相近邀相見，添酒回燈重開宴。千呼萬喚始出來，猶抱琵琶半遮面……

那個「很會彈琵琶的婦人」，就是憑著前面那一句「沒頭沒腦」的「千呼萬喚始出來」出場的。「她」，在這篇六百一十六個字的敘事詩裡，就那樣子出現，跟讀者見了面；見面的時候是「猶抱琵琶半遮面」，有點兒羞怯，有點兒不好意思。

一個老實的讀者，看到「千呼萬喚始出來」的時候，可能會說：『慢著！到底是「誰」出來啦？』

一個「老練」的讀者，可能很「在行」的回答說：『他前面不是有一句「尋聲闇問彈者誰」嗎？這出來的，就是那個「彈者」呀！』

老實的讀者一定還要問：『那怎麼知道是個女的呢？』

老練的讀者一定會這麼回答：『他後面不是有一句「猶抱琵琶半遮面」嗎？那動作，那姿態，分明是個女的，還用說嗎？』

『那可不一定！不把話說清楚，只叫人去猜！』老實的讀者心裡一定很不服氣。

再舉李白的一首最「白」的詩作例子。他的〈靜夜思〉：

床前明月光，疑是地上霜；舉頭望明月，低頭思故鄉。

一般人都認為這首詩是很好懂的，但是我的看法不同。一個老實的讀者仍舊會問：『說了半天，又是舉頭，又是低頭的，到底說的是誰呀？』

這兩個例子，正好可以拿來作「文學創作的態度」的說明。一個詩人，或者一個作家，在寫作的時候，通常並不把他的讀者看成「最老實的人」。用一種赤裸裸的說法：他通常是把他的讀者看成「不太笨的人」。連白居易那樣具有「平易近人」「老嫗能解」的特色的詩人，對於那個「很會彈琵琶的婦人」的登場方式，竟也有「讀者總不至於不懂吧？」的信心。在這裡，我們可以發現作家跟讀者之間，「存在」著一種很奇異的關係——「會心的關係」。有這種關係存在，一個作家才能「起飛」。有這種關係存在，一個讀者才能「欣賞」。

如果我們把李白的〈靜夜思〉用散文改寫成這樣：

那一年，我到外地去。有一天晚上，我住在旅館裡。那一天晚上月亮很亮，月光從窗戶外照進來，照在我床前的地上，看起來就像地上鋪著一層霜一樣。當然不會是霜，當然是月光，天底下哪兒有暖和的臥房裡的地上結霜的道理？我這不過是打個比方罷了。再說當時，我一看地上，像是霜，又想，沒那個道理，分明是月光——看著像霜罷了；我就抬頭順便看一看月亮。看了一會兒月亮，就低下頭來，想了一會兒老家的情況。一抬頭，一低頭，就是這麼回事兒。

這一段「改寫」，可以算是把事情「交代」得相當明白了。可是，就會有聰明的讀者反而不耐煩的問：『說的是什麼呀？』分明說得很清楚，他卻不懂你說的是什麼。原來這一段「說明」因為說得太明白了，所以在讀者這一方面反而自覺「幾乎完全沒有事情好做」。讀者既然「沒事情做」，當然他會有點兒失望，有點兒生氣，埋怨你「不知道在那兒說些什麼」了。這種「讀者沒事做」的文章，就是我們通常所說的「沒味兒」的文章。

文學創作是依靠作家跟讀者之間的「會心的關係」來完成的。作家有會飛的翅膀，讀者有會捕鳥的網。那翅膀、那網，都是「想像力」製造出來的。在莎士比亞有名的《羅蜜歐與茱麗葉》這齣戲裡，茱麗葉傷心羅蜜歐偏偏會是仇家的男孩子，偏偏姓的是仇家的姓。羅蜜歐回答說：『姓名算什麼！不讓玫瑰叫玫瑰，聞起來還不是一樣香？』莎士比亞這樣「寫」，至少相信他的戲劇觀眾會有一些人對這句話「會心」，不至於怪他說著說著，忽然又是「玫瑰」又是「香」的，叫人頭昏。如果莎士比亞非把話說明白不可，那麼他就只好這樣寫了：『沒關係，沒關係。咱們雖然兩姓結仇，只要你愛我，我愛你，誰又能把我們分開？你放心，別想得那麼多。』

我想說明的是，文學創作自然離不開真實的語言；但是，它不是把真實的語言拿來「應用」，它是把真實的語言拿來作「新鮮的運用」。這就是為什麼文學會在讀者心裡引起「驚喜感」的最主要的原因。這種「驚喜感」，就是我說的「語言的意味」。

金魚隔著一層玻璃，向整天守在魚缸外面的貓說：『你一定要去配一副近視眼鏡，我不是老鼠！』

昨天半夜裡，我口渴，去倒開水喝，看見爸爸手裡提著皮鞋，穿著襪子上樓。他走得很小心，好像怕樓梯塌了。我嚇了他一大跳。

妻是家裡最忙的人，我經常看見她一手拿掃帚，一手拿抹布，一手拿炒菜鏟子，一手拿切菜刀，一手拿替孩子攏頭髮的梳子。

解決貧窮的最好的辦法，是發給每個家庭一部印鈔機跟一個馬達。

一個人的年齡，由新觀念給他的痛苦程度來衡量。

發財跟發脾氣，永遠保持「互爲消長」的關係。

我所知道的這些散文例子，都並不「乞靈」於非真實語言的「古典」的辭彙，但是他自然有「意味」。他們的寫作態度，正是我們對文學所要求的「創作的態度」。

意味的產生，也許由巧妙的比喻，也許由巧妙的暗示，也許由巧妙的白描……它們的來源只有一個，那就是作家對人生的「獨特的，出色的體會」。作家要把個人的「出色的體會」傳達給讀者，這一番美意，當然只有領悟力高的讀者才知道感謝了。因此，我不得不換一個說法：意味的產生，全靠作家跟讀者彼此的「會心」。

我一向認為「白話文」跟「白話文學」這兩個觀念應該確立為「兩頭兒發展」的觀念，並且應該設法闡明彼此密切的「本是同根生」的關係。「白話文」跟「白話文學」都傾向於「以真實語言來製作」，也就是都有「言文一致」的精神。「白話文」以真實語言作素材，「明白」是它最高的美德，它的境界是「應用文的境界」，它所追求的是「工作效率」，它的假定的「讀者對象」，是前面所提到的「最老實的人」（我的意思是：不一定要很聰明）。

「白話文學」也以真實語言作素材，「智慧」是它最高的美德，它的境界是「藝術創作的境界」，它所追求的是「箇中意味」，它的假定的「讀者對象」，我不得不說，是「並不怎麼老實的人」（我的意思是：相當聰明）。

只有這樣，「白話」才能夠同時具有「語言」跟「文學」的雙重性能。在我們看到「太多」的「非真實語言的文學」而覺得厭倦，覺得心煩的時候，我們就千萬不要再塑一座「非文學的真實語言」的「對立」偶像。我們要讓「真實語言」去嘗「智慧之果」，去負起文學的使命。

文學都是「非真實語言」的，真實語言都是「非文學」的：我們早就為這種膚淺觀念打了好久的呵欠了。

鋁花

文明人的「十大誤解」之一是「對文法的誤解」。

這種誤解又可以分成兩類。

第一類是把文法書當作「一部電腦」看待，以為要學一種語言，一定要先「通」文法，文法一「通」，什麼問題都解決了，什麼話也都會說了。在一般人的觀念裡，文法書是「只有一部」的。他們到書店裡買「文法」，通常只說：『喂，買一本文法！』其實他們也對。一種語言還有兩種文法的？那還不「亂」了？

有了「文法書」，拿回家「苦苦」研究，心中「充滿」興奮。世界上還有什麼事情能比這更「合算」？只要讀一本書，就學會了一種語言，就什麼都會說了！越讀心裡越自負。這種自負是一般「有神祕主義傾向」的人都會有的。他會說，兩千多年前，黃石公在江蘇邳縣南邊的圯橋上先叫張良撿鞋，「拚命」侮辱他，折磨他，然後才送給他的，不也只是一部書嗎？想想後來那部書給了張良多少的「智慧」！

用現代觀點來看，每一部書都是有缺點的。一個人如果把自己關在「一本書的世界」裡，他固然可以吸收這本書的全部優點，但是他也會吸收這本書的全部缺點。許多思想很保守，做人很固執的人，都是「有限的精讀人」。他們在那本書的世界裡懂得最多，但是在「書的世界」裡懂得最少。

使某本書成為「對我影響最大的一本書」，這是聰明的。不過「如果」竟使那本書成為「我這一輩子所讀的唯一的一本書」，那就不聰明了。而且，「一本書」永遠不能成為衡量一切的標準。想建立一個對自己適用的「衡量萬事萬物的標準」，得多來幾本，或者，多來幾十本。

再說說前面所說的那本文法書，一個人把那本文法讀熟了以後，很可能就有「現在我已經精通這種語言了」的信心。但是等到他真正應用起來的時候，他會忽然很傷心的發現，那種關於語言的知識，「動作太慢」。它永遠只能給人一種「事後的聰明」，在真正說話的時候一點兒也派不上用場。

這種情形，我們是可以想像的。就拿『我吃過飯了。』這一句簡單的話來說吧。如果我們像小孩子學話那樣的去學，七天就很流利了。但是想想，在這「五個字，一個標點」的短句裡，它所需要的文法上的「考慮」得有多少？

我們說話像打桌球。對手在桌子的那一邊把球打過來了，所需要的時間不必拿

「秒」那麼大的單位來計算。這邊接球人的反應，真可以說是人類心理和生理所造成的奇蹟。啪！在你還來不及細看的時候，真是「說時遲，那時快」的，一側身，一翻腕，一個快攻，得一分！

我們說話不能像客機起飛前的安全檢查那樣，列出清單，逐項核對：

『什麼句子？』

『單句！』

『主語？』

『有！』

『述語？』

『有！』

『動詞？』

『動詞在！』

『及物不及物？』

『及物！』

『表不表完成？』

『表完成！』

『直接受詞？間接受詞？』
『直接受詞！』
『主語數詞？』
『沒有！』
『量詞？』
『當然沒有！』
『受詞數詞？』
『沒有！』
『量詞？』
『當然也沒有！』
『可以不可以有？』
『本句有概念化的傾向，屬於一般敘述，不必一定要「有」！』
『助詞？』
『有！』
『請檢查語詞和句子的構造！』
『沒問題！』

『語音系統！』
『是！』
『第一字！』
『我，取語音。』
『第二字！』
『吃，不念「口吃」的「吃」。』
『第三字！』
『過，不念「過先生」的「過」。』
『第四字！』
『飯，沒問題。』
『第五字！』
『了，輕聲。』
『標點系統！』
『書寫的時候用句號。說話的時候要有「句的停頓」。』
『檢查完畢。準備起飛！』
『檢查完畢。準備起飛。指揮塔，請准第六十七號客機起飛！』

你看這個過程需要多少時間？而且這不過只是「概略的檢查」，在更「抽象」的層次上，該檢查的「東西」還多著哪！通過文法的「針孔」來說話，人就成了「駱駝」了。等你「起飛」的時候，跟你說話的「客人」，如果不「很聰明」的悄悄走開，就得很虔敬的「程門立雪」了。

文法可以「放進」人腦像放進電腦，但是人腦的操作在這方面實在太慢太慢了；而且人類根本就不按這種「古怪」的過程來說話。

那麼，文法完全沒有用了？這麼想，就會產生第二種誤解。

第二種誤解就是根據粗淺的經驗，一筆抹煞了「文法世界」裡那一片美麗的天地。這真是一種拿琴當柴燒，拿仙鶴當母雞燉肉吃的行為。

我在大學時代最喜歡上的一堂課是「國語文法」，尤其著迷的是「國語語詞構造」的部分。我對它的形容是「美麗的」，或者「使人動心的」。對知識分子的精神生活來說，文法的知識是一種「跟現實人生有密切關係」的最高級的「享受」。它，我是說「文法」，用「慧眼」看「語言」。文法學者對語言要有很高的「透視力」，同時要有「機智」。文法學者在一般人以為是很平凡的語言裡「找出種種關係來」，使語言在另外一個層次上顯露出一種寶石光。

現代的語言學跟語言教學法的進步，確實使一部分人錯以為「文法根本沒有用」。其實所謂「文法無用」，只是對正在學習一種語言的「新生」說的。人是應該在「對一種語言相當熟悉了以後」再學文法的，因為文法是「對你所熟悉的那種語言」的學問，相當高級，非常抽象，十分美！一個人如果對某種語言並不熟悉，就妄想用文法來造語言，這就「錯」得太厲害了！

『我已經完成了對於白米的享用。』跟『我吃過飯了。』同樣是合於文法的。但是前面那一句話顯然不能在現實社會裡使用。文法不能造「真實的語言」，對於基本的「同一社會裡的人際交通」沒有什麼好處。

我偏愛文法，不喜歡修辭學。修辭學是創造的範例。根據創造的範例的創造，是不創造。我喜歡文法，因為文法使人在嘗試創造的時候觸動「靈機」，領悟到我們的語言給我們留下了多大的「運用的自由」！一個寫稿的人為情勢所逼，沒法兒不「按自己的方式說話」。那個時候，有點兒害怕的夜行人唯一的明燈，就是文法。

「鋁花」在現實世界裡是不存在的，但是在「文法的世界」裡，它跟「紙花」「塑膠花」一起存在；所以文法也是很「童話」的。

桃花園

陶淵明的〈桃花源記〉，用不俗氣的「淡淡的語言」，一點不費力的就把讀者引領到一個「超現實」的世界裡去。

我十六七歲讀〈桃花源記〉，就很注意「桃花源」的那個「源」字。我相信那個「源」字，在古代一定是一個使用頻率很高，意義相當明確的「單音節」語詞，因為古人都生活在山水裡。我的意思是說，古人可以說「一個源」像我們說「一隻狗」那樣清楚明白。因此，「源」字就成為隨時等著接受「形容」的「人人熟習的名詞」。

長滿了桃樹開滿桃花的「源」，當然就是「桃花源」了。

不再「生活在山水裡」的現代人，看到「源」字，也不再能引發豐富的「語感」。一個現代人如果說：『昨天我上山，看到一個美麗的源。』他等於什麼也沒說。他的「源」完全不具備任何「聽覺意義」。聽的人一定會問：『昨天你上山，看到一個美麗的什麼？』

如果把「美麗的源」也寫在新詩裡，當然是一件可笑的事，因為現代的詩，追求的是「聽覺意義」。韓愈的「鑿石作鼓隳嵯峨」的寫法，對現代人來說，可以說是「毫無意義」，因為它的「意義」沒法子用「聽覺」去捕捉。

我發現許多人，也「發現」我自己有許多次，把「桃花源」寫成「桃花園」，在說「桃花源」的時候心裡想的是「桃花園」。這是因為「源」跟「園」，在國語裡是同音字；而且現代人用聽覺去捕捉意義，大概一下子捕捉到的也是「桃花園」。

我們的現代語言，為了追求意義的精確，為了讓我們的「聽覺」捕捉「意義」方便些，恐怕會「以驚人的速度」走上「雙音節」化。也許未來的詩人要表達「桃花源」這個意象的時候，會說成「桃花水源」像我們說「石門水庫」，並不因為「多了一個音節」就抱怨我們的語言「不簡潔」，就大力提倡「恢復古代的文言」。

叫現代人聽文言詩，常常「聽不出意思」，這個事實說明了語言有「時代性」。在文學寫作上強調「語言的時代性」，主張「用現代語言寫作」的先知，像胡適，並不是要「斬斷」傳統，實在是要讓「傳統的光輝」，像「聚光燈」，照耀現代。

「一生受命運播弄」的唐代詩人李商隱那首〈籌筆驛〉詩的頭兩句：『猿鳥猶疑畏簡書，風雲常為護儲胥。』現代的知識分子不但「聽不出意思」，甚至「看不出意思」。問題出在「簡書」跟「儲胥」這兩個名詞，在「時代」上實在離我們太遠太遠太遠了。這個「距離」，不只是唐代跟現代的距離，甚至還要加上「周代」、「漢代」跟李商隱的「唐代」的距離。

如果我們不怕「不倫不類」，不怕「毀壞了李商隱的詩」，只是暫時為了說明的方便，勉強尋找兩個現代人聽得懂的語詞，把它「代」進去，意思就會稍微顯露出來：

猿鳥猶疑畏「軍令」，

風雲常爲護「營地」。

這個「改變」，使那兩句詩「活」了一點。至少，我們已經看到了兩個帶著「寒意」的畫面。我們忍不住對李商隱「湧起了敬意」，看出了他「創造的成績」。

如果我們再向「現代」走近一步，把詩的面目再改變改變，設法把『鳥獸到今天還懷著畏懼，不敢挨近這號令森嚴的軍區；天上的濃雲一直停滯不走，罩護著這一片營地。』這一層意思寫出來（當然不必一定寫成我寫的那個樣兒），那麼，我們的心靈就更容易跟李商隱的心靈「交通」，我們會對李商隱「懷著更大的敬意」。

我們可以完全欣賞到李商隱的令人動心的「懷古」，因為李商隱這個唐代人所懷念的，是三國時代的風雲人物諸葛亮。「籌筆驛」是諸葛亮「出師」時候駐軍的地方。

這個例子正好說明「語言的時代性」有時候會「攔阻」我們對優美的文學作品的欣賞。為了幾個小小的古代語詞的「攔阻」，使我們跟美好的文學藝術有了「隔膜」，幾乎使我們沒法子進入「李商隱的世界」。

讀者不要誤會我的意思，以為我「要求」李商隱用一九七二年的中國現代語言來寫詩。李商隱寫這首詩的時候是西元八五八年。李商隱不可能用「未來的語言」來寫詩，李商隱不可能像「現代詩」的作者那樣，迷信他可以用「在真實社會裡並不存在的語言」來寫詩。李商隱必然的用他的時代所通行的「文言」來寫詩。

我的真正的意思是，現代的作家寫文學創作，應該「掌握」現代的語言，真實的語言，「然後」他的作品才能夠「活」起來，他的作品才能夠成為「有翅膀的鳥」，飛進他盼望飛進去的「讀者的心」，飛進對他懷著期待的「讀者的心」。現代語言是現代文學的翅膀。現代語言是現代文學的輪子。現代語言也是現代文學的「蹼鞋」。現代語言使現代文學上天，入地，或者進入水下三千「里格」。

我相信「語言本身不是文學藝術」就跟我相信「石頭本身不是雕塑藝術」一樣。但是石頭在「羅丹」手裡，石頭就成了藝術品，石頭就變成一塊「令人動心的石頭」，不平凡的石頭。

「語言」本身也不可能是「藝術品」。「語言」只不過是『你吃過了嗎？』『我喝了兩碗綠豆稀飯。』但是「語言」在卓越的曹雪芹或莎士比亞的手裡，語言就成為藝術品，成為「令人動心的語言，不平凡的語言」。

我們所說的「文學的語言」，並不是像俗氣人所想的「另外一種語言」，一心以為用那特製的「文學的語言」來寫作，就可以成為「文學的作品」。定了型的美麗辭藻不但跟「優美的作品」沒有「必然」的關係，甚至還可以說是「毫無關係」。「文學的語言」，只不過是有優秀作家的靈性「附身」的語言。

一個普通人有鬼魂「附身」，就成了鬼。普通的，我們所熟悉的「語言」，一旦有「優秀作家的靈性」附身，那「語言」就成了「文學的語言」了。蠟、乾、灰、始、淚、炬、成，都是「普通的語言」。「蠟炬成灰淚始乾」，有李商隱的

「靈性」附身，就成了「文學的語言」啦。

一個詩人，最可貴的是他「心中的天地」。用「容易懂」的方式來說，就是：詩人心中的天地最「值錢」！如果「投保」，值得保一百萬。

詩人用「普通的語言」很吃力的，很忠實的，來「雕塑」他「心中的天地」，就像羅丹用「石頭」來雕塑他「心中的天地」一樣。如果那詩人「成功」，那些語言就都成了「有翅膀的語言」，有靈性的語言，正跟羅丹使一塊普通石頭「變」成了「通靈寶玉」一樣。

陶淵明是心中先有迷人的「桃花源」，而且那「桃花源」呈現在心中本來是沒有「語象」的；是他很辛苦的，用他獨特的「淡淡的語言」把「桃花源」雕塑出來的。現代作家用現代語言「雕塑」他「心中的天地」，只有使他心中的天地更親切，只有使他心中的天地更迷人，根本絕對不可能使他的作品俗氣，除非他的「人」本來就是俗氣的。如果他的「人」本來就是俗氣的，「特製」的辭藻也會毫不客氣的背叛他。

文學跟「再現」

《大英百科全書》的〈文學條〉竟說：「文學」缺乏明確的定義。這一「條」大概是請一位頭腦冷靜的學者執筆的。如果是請一位詩人，一位作家，或者一位文藝理論家來執筆，那麼頭幾句必定是：『文學是一種什麼的什麼的什麼。它是很什麼的，絕對什麼的，而非什麼的……。』那定義必定很長，同時，也很難叫人心服。

「文學」的定義越長，不滿意的人所排成的隊伍也越長。「文學」的定義越短，滿意的人所排成的隊伍也越短。「文學」的觀念跟「人」的觀念一樣。「人」的存在是「真到不能再真」的，但是至今我們還不能找到一條令人滿意的「人」的定義。這裡頭的原因是這樣：如果把「人」的定義說得太周到，列舉的條件太多，那麼就會給人一種「難道我就不能算是人啦？」的反感；如果把「人」的定義下得太寬，又往往容易使人想起「猴子」。

我們並不是不能在「文學概論」裡或者「文學史」裡讀到文學的定義，但是我們所讀到的通常都是「一群」不同的定義，或者「又一個新定義」，弄得我們自己也想執筆，「參加」進去。「文學」的可愛，就在這裡。它是人類的〈長恨歌〉，是人類的「此恨綿綿無絕期」的高級活動。我也希望能給「人」下定義：「人是擁有文學的動物」！

關於「文學」的更有趣的現象是：種種不同的「文學觀」裡，也「存在」著一種「職業差異」。我的意思是說，不同職業的從業者，各有不同的「文學觀」。這裡頭最普通的一種，就是把「文學」當作一種「知識」。所謂「文學活動」就成為一種「知識的研究」。

我們不能否認，文學遺產的累積，必定會凝成一層「知識的礦床」，成為研究，探測，開發的對象。但是這種「知識的研究」，並不是文學「本身」或文學「自己」的活動。「文學」就是「對文學的研究」，這種想法是矛盾的；儘管這種工作本身並不是沒有價值。

這種錯誤觀念的產生，是因為認為「文學」既然是「學」，就「當然」也應該是一種「知識的研究」。我們都不止一次的聽到張三對在寫作藝術上有很高成就的作家或詩人，很不懂得尊敬的批評：『他懂得什麼「文學」！』這時候，張三心目中的「文學」，指的就是「對於一種知識的有系統的研究」。

許多天分很高，錦心繡口的作家，把頭頂上發出寶石光的寫作的王冠摘下來，「拿」在左手裡，卻伸出右手，「拿著金飯碗要飯」似的，向人乞討一頂對自己並不合適的「學者帽子」。第一流的詩人改行當第三流的學者，跟第一流的學者改行當第三流的詩人，都是錯誤的選擇。

錦心繡口的莎士比亞如果不知道自己的高貴，不能忍受「十六世紀英國學術界」對他「不學無術」的譏諷，就不能有他光輝燦爛的成就。那麼，現代「研究文學」的學者，也就少了一個「很值得研究」的項目了。一個有成就的專業作家，應該很有信心的對「研究文學」的學者說：『你研究我吧！不要辜負你的專長和我的專長。』

第二種由「職業差異」所造成的「文學觀」，就是認為文學僅僅是一種「吸收作用」，或者頂多頂多是「吸收跟演習」。正像從前一個妙人李四所說『「國語」就是「說國語」』一樣，「文學」就是「讀文學作品」。我們不能否認，人對文學的那種「吸收作用」或「吸收跟演習」的活動，是「文學」能夠永恆存在的根本原因。

對「文學作品」的蒐集，鑑賞，習作，只能說是值得加上形容詞「文學的」的一種活動，並不是文學「本身」或「自己」的活動。

只有一個收入很少的詩人或專業的作家，才知道真正的「文學自己的活動」是什麼。它——令人驚心動魄的「文學」——實質上是一種非常艱辛非常艱辛，非常痛快非常痛快，非常吃力非常吃力，非常自由非常自由的「創造」活動。

一個作家也必須研究一點兒有關文學的知識，也需要鑑賞一點兒優美的作品，但是他不會把一生的精力放在「文學知識的研究」跟「文學作品的鑑賞」上。他為天賦所逼迫，走進了一片廣闊，荒涼，原始的曠野——最適於創造的天地。他在那有洪水，有狂風，最寂寞的荒野裡，為人間創造最動人的「東西」。在他的世界裡沒有「成品」。他得「弄」出東西來。

這種「描述方式」，對於體會一個作家的精神境界是有幫助的，但是它的缺點是使我們對「普及」在人間的「文學」的真正性質，產生了「神祕」的印象。為了了解什麼是文學，最理想的方法是引用「再現」的觀念。

人類最大的興趣在「人類」。有關人類「生活」中最使人動心的活動跟遭遇，人類對它興趣最濃，因此產生了「我們可以體會得到」的「像孩子一樣無邪」的貪心，希望它「再現」一次，兩次，許多次。我們對於「巨人戰敗麥克林登」的那一場少年棒球賽，重播十次看十次也不厭，就是這種心理。

對人類來說，「文學」的真正性質，就是：拿人類的語言來從事這種「再現」。這是一種很複雜的活動，但是對人類來說，這也是一種很「平常」的活動。在最基本的意義上，「文學」的活動，就是「拿語言來再現生活」的活動。運用一點「語言技巧」，也可以說：「文學」就是「生活」它在語言中的「再現」。

戰役已經過去了，「特洛伊」城已經陷落很久了，但是大家還愛聽「荷馬」用語言「再現」特洛伊城的陷落。焦仲卿的太太投水很久了，焦仲卿「自縊於庭樹」也很久了，但是大家還是愛看用語言「再現」出來的〈孔雀東南飛〉。

文學就是「以語言從事再現」。不管是「再現」粗枝大葉的「事件」，還是「再現」細膩到不能再細膩的「心情」，都是「文學」。不管所用的語言多「拙劣」，語法的錯誤多「多」，那種作品都是文學作品。

一個作家最初從事粗淺的寫作，通常都是有了某件事或者某種心情，就激動的說：『我要把它寫下來！』其實他的話的基本含義，就是：『我要用語言把它「再現」！』

這就是「文學」的「可理解的」，「最平凡的」一面。如果我們對文學的要求只限於「以語言從事再現」這一點，那麼人類一半以上都可以成為作家。我的意思是說，凡是會作文的，都是作家。

不過，因為這種「再現」活動太普遍了，貨比貨，就顯出技巧的高低來。大家對技巧高的傾心，對「創意」傾心，人人識貨，這就琢磨出了藝術（創造的本領）來，所以文學也可以稱為「語言的藝術」。

所謂「語言的藝術」，並不是指「學誰像誰」那種「口技」。運用語言的技巧，在文學裡不能少，但是它是屬於「次一層次」的。最高的「語言的藝術」，是指運用語言傳達很難傳達出來的「意味」。一個好的作家，必定有天賦的「不凡的敏銳感覺」，有驚人的智慧，思想深刻，而且肯努力學習語言。只有這樣，他的作品才能達到「驚心動魄」的高峰。

從這個角度看，人類百分之九十九的人都不能成為作家了。不能成為作家沒關係，我們可以讀作家的作品，因為這正好是他們為我們奉獻的。

文學裡的題材

文學的藝術跟電影的藝術是不同的藝術。文學用語言來表達，電影用「照片」來表達；在「靜態」上，它們是這樣。可是，文學跟電影要發生作用，就要靠「走動」。只有「語言」跟「照片」都「走動」起來的時候，它們才能夠發生作用。

我們看電影，實際上是看一大串不同的照片的連續。在這種「連續」中，我們感覺到照片的「走動」，感覺到電影的「步子」，感覺到我們正在被它「帶」著走。

讀文學作品也是一樣，我們所讀到的是一大串不同語詞的連續。在這種「連續」中，我們感覺到語言的「走動」，感覺到文學的「步子」，感覺到我們正在被它「帶」著走。

電影的生命，只有「被放映」的時候才「存在」。文學的生命，只有「被閱讀」的時候才存在。所以說，電影、文學，基本的性質都是「動」的，「進行」的。

現在我們進一步探討，而且不再「兼提」電影：文學的趣味到底是什麼？

假如我們把閱讀文學作品比作「乘船出海」，比作「航行」，那麼文學的趣味到底是一種「航海的趣味」呢，還是一種「抵埠的趣味」？更明白的說，我們欣賞文學作品，是欣賞作家「令人心動的語句」呢，還是欣賞作家「所交代的一件事情」？這不是一個「主張」的問題，而是一個「事實」的問題。

在文學作品中，小說是最講究「抵埠的趣味」的。就拿我們所讀過的小說來觀察吧：我們所讀過的小說，很顯然的有兩類。一類是「使你偷偷兒的翻開最後一頁來預查結局」的。另外一類是「也使你偷偷兒翻開最後一頁」，不過卻是為了「查頁數」，好知道還有多少頁可以「享受」；而且在全書看完以後，你又往回翻，找寫得最精采的幾段來重讀。

前一類小說，把生命寄託在「抵埠的趣味」上。它有事件，有「衝突」，有結局。嚴格的說，讀這樣的小說，跟讀報並沒有什麼兩樣。它的作者的唯一技巧，竟是大大違反「敘述的美德」的，想盡辦法「阻礙」你「抵埠」。你的最痛快的突破「阻礙」的方法，當然只有「翻開最後一頁來查結局」了。我們不得不說，這樣的小說，並不能給人什麼純正的文學的趣味。

你想知道越戰前線一次重要戰役的真相，那記者卻把他的獨家報導扣下來，每天只發出三百字。他可以狡黠的虐待你的好奇心。但是在小說裡，這種虐待沒有多少用處，因為讀者可以「翻開最後一頁」。

另外一類小說的作者是用「有意味的語言」展開敘述，用「敏銳驚人的感覺能力」來刻畫事物，一切的「平凡」在他深刻的思想裡都產生了不平凡的意義。他寫的一棵樹，成為「他的那棵樹」。他寫的一個人，成為「他的那個人」。一起頭，他就顯露了出色的「特色」。這樣的作品，不必仰賴「結局」，因為它能在「過程」中不朽。「結局」來到的時候，反倒成為令人惋惜的「演奏的終結」。

這種小說給人的，正是「航海的趣味」。也就是說，我們重視作者「吐屬」的動人，再不去計較「後來怎麼樣」了。這種完全擺脫了「文學的機械論」的趣味，才是純正的文學的趣味；幾乎是「非邏輯」的，幾乎是「非結構學」的。

前面那個「相當極端」的分析，可以幫助我們注意到文學的本質——語言的意味。我們可以拿語言做種種的事情，但是我們不能忘了文學的本質在「語言的意味」。文學的起源是人類「用語言再現生活」的天真願望，但是文學的藝術是指「再現」的藝術，並不指「再現」的是哪一種「精采的生活」。「生活的精采」並不是「文學的精采」。這種認識，使我們在談論「文學跟題材的關係」的時候，有許多方便。

從前有一個文藝理論家，曾經高呼：『生活！生活！廣泛多采的生活！』如果這是強調「多采多姿的生活」對於作家的「語言的深度」有良好的影響，那是對的。如果他是提倡一個作家要不停的變換職業，要不停的搭飛機到每件重大事故的出事地點去採訪，要從事最危險的工作；那麼，一個這樣「忙」的作家，一個事事都想成為「目擊者」、「參與者」、「策畫者」的作家，根本就沒有工夫寫作。

王維是很「田園」的，岑參是很「戰場」的，你是很「大學」的，我是很「報館」的，她是很「家庭」的，我們沒有理由要求大家要交換生活。像王維那樣的才華，如果他抓住的題材是報館而不是田園，我們就有「報館文學」了。像岑參那樣的才氣，如果他抓住的題材是家庭而不是戰場，我們就有「家庭文學」了。

在文學的世界裡，並不強調什麼樣的生活才算是「夠文學的生活」，但是卻強調「再現平凡生活」時的「驚人的深度」。「深度」是最要緊的；而且那個「深度」並不指凡人所歌頌的「懂得最多」，而是指凡人所達不到的「感受最深」！

王維的題材，就是那幾棵松樹，那幾塊石頭，那幾道泉水，頂多再加上他用來製造光影的那個「月亮」。如果你「以貌取人」，那麼他的題材當然不會比隨阿姆斯壯到「月亮裡」去撰寫獨家報導的記者（假定有這麼一個）所寫的《人類跨了一大步》（假定有這麼一本）更吸引人了。

如果專從「吸引」的觀點來看，王維就應該寫一本《我是安祿山的俘虜》，才能有「文學上的成就」；可是王維卻選擇了幾棵松樹跟幾塊石頭。有意思的是，平凡的「木石」並不能掩蓋王維的才華。王維的松樹並不是平凡的松樹，王維的石頭並不是平凡的石頭。王維離開「人間生活」已經一千兩百多年，但是我們卻永遠忘不掉這位「空山不見人，但聞人語響」先生！

「歷史」的不朽並不是「文學」的不朽。從「歷史」的觀點看，當然巴不得一切文學作品都是重大事件的直接參與者的作品。但是文學有文學的尺度，作者本人的「重要不重要」並不重要，所寫的「事」是不是「獨家報導」也不重要，重要的是語言的意味，語言的深度，語言的「使人動心」。

有幾分生活就寫幾分生活，一個作家沒有理由為「生活範圍」自卑，再狹窄的生活範圍也大過李清照的書房。但是在文學創作的領域裡，中國兩個最偉大的「詞人」，除了當過帝王的那位李先生，就是這位被讚為婦女中竟「有此奇筆」的李女士。

各種主義，各種結構，各種題材，各種格律都救不了文學——如果不幸那作家的語言是缺乏意味的。一個作家所永恆追求的是語言的意味，語言的深度。當然，要攀登那個「錦心繡口」的高峰，並不是每個人都做得到的，不過，拿離開峰頂的遠近來判斷作品價值的高低，總比拿題材來衡量，更接近「文學的公平」。

文學跟「夢」

夢，最主要的是由「慾望」跟「恐懼」這兩種「元素」造成的。每個人有許多「慾望」跟許多「恐懼」。在白天，在清醒的時候，我們有一種「這個世界上並不是只有我一個人活著」的自覺。我們知道自己是跟許多人「共同生活在一起」。一方面是為了自己的安全，一方面是為了對別人尊重，我們已經習慣「不赤裸裸的吐露自己的慾望跟恐懼」。我們總是運用「理性」來管束它。

雖然有些「存在主義者」是「不以為」一個「人」會有什麼理性的，但是他們不能否認「人是有感覺的」，「能記住自己所遭遇過的事情」，而且「多多少少能運用簡單的方法來分析自己的經驗」的——至少能像籠子裡受試驗的白老鼠，或者像巴夫洛夫實驗室裡那隻狗。「自衛的本能」跟「群體和諧的需要」，透過「經驗」，凝成了「理性」。

「人」是複雜的。有的人為了過度膨脹的「自衛」，竟做出足夠毀滅自己的事情。有的人為了崇高的理想，竟放棄「自衛」。不管怎麼樣，我們不能否認人類心理上「經驗判斷」的作用。這種「經驗判斷」，就是理性的根源。

白天受到理性嚴格管束的「慾望」跟「恐懼」，都藏在潛意識裡。到了晚上，我們睡著了的時候，雖然身上的「風箱」，身上的「唧筒」，身上的「磨房」，還在那裡工作不停，「理性的管束力」卻跟我們一起睡著了。慾望跟恐懼，就趁機會從「潛意識的厚被臥」底下爬出來開晚會，爬出來演戲。這就是「做夢」。

科學家有實驗作根據，所以不相信有些人所說的「我根本不做夢」的話。這句話似乎應該修正成「我睡得很熟，根本就不知道我在那兒做夢」。科學家說，每一個人每天晚上最少做四個「夢」，每個夢的「長度」是一刻鐘到二十分鐘。夢的科學家說，「夢」來的時候，我們的眼睛雖然閉著，但是我們的眼珠子會在眼皮下移動，「看」我們自己放映的「電影」。我們所以能夠「記得」自己的夢，通常是因為我們恰巧「在夢中醒來」，或者「電影剛演完，我們就醒了」。這種「機會」，每個人在一生中多多少少總可以碰上幾次，因此，我們都承認夢的存在，我們也都有夢的「經驗」。

在文學的世界裡，拿夢作題材的作品是很多的；拿「夢」作比喻，拿「夢」字來修辭的也很不少。〈邯鄲夢〉是中國人最熟悉的一個夢。這是一個含有哲理的夢，常常使人從「現實生活的慾望」中清醒過來，淨化了「人生的追求」，去尋覓一個更有精神價值的理想。《紅樓夢》裡所描寫的，大夢套小夢，不止一個夢。美國作家「歐文」的《李伯大夢》，一睡二十年，卻是「夢裡沒有夢」。英國「魯易士・卡洛」的《愛麗思夢遊奇境》，是「兒童意識世界」裡最熱鬧的「童話夢」。

唐詩裡夢是很多的，最有名的是杜甫的「夢」李白，連夢三夜。南唐後主的「詞」裡，夢也不少；叫人讀了最替他傷心的，是他夢中遊「上苑」的句子。

不過，我想談的並不是「夢」在文學世界裡的地位，並不是作家怎麼拿「夢」作他寫作的題材，並不是哪一個作家寫夢寫得最好，並不是文學作品裡有多少用到「夢」字的佳句。都不是。我想談的是：文學跟夢，在性質上有許多相同的地方。換個說法：「文學」的表達方式是跟「夢」學的。再換個說法：「文學」的表達方式就是「夢」的表達方式。第四個說法：文學跟「夢」一樣，都是「具象」的。

文學裡的「具象」，叫作「心象」，叫作「意象」。「夢」的「具象」呢？不正好是地道的「心象」，地道的「意象」嗎？

先說「夢」。

「夢裡見到」，這樣的說法是我們所熟悉的。事實上，夢跟「視覺」的關係最大。夢是用「電影」的姿態出現的，雖然它比電影複雜得多。我們「做噩夢」的時候，我們會害怕，同時也看到了「害怕的畫面」。例如我們看到我們所關心的人，打開十樓的窗戶，然後向窗外的空中「走」出去。

夢跟「聽覺」的關係小一點。「夢中聽到」，通常是「真正的」，「外界的」聲音的刺激。那種「外界的聲音」在進入「做夢人的耳朵」以後，常常「變質」，跟我們的「夢」聯繫起來。我童年做過的最可怕的夢，是一隻「巨鷹」在那兒撲殺一隻猛虎。我也「聽」到可怕的虎的咆哮。我驚醒，大哭，向跑來安慰我的父親說夢。他說：『剛才是有兩隻貓在廊外打架。』

我們很少「夢聲音」，「夢音樂」。如果我們「夢」音樂，那麼我們所夢到的，可能並不是聲音。它會用《老殘遊記》裡劉鶚所採用的形式出現。我們都知道劉鶚是怎麼描寫聲音的：「像一線鋼絲，拋入天際」，「如一條飛蛇，在黃山三十六峰半中腰裡盤旋穿插，頃刻之間，周匝數遍」，「像放那東洋煙火，一個彈子上天，隨化作千百道五色火光，縱橫散亂」。或者是像美國卡通大師「華特·狄斯尼」那樣，用「動畫」來畫出狂想曲。

夢跟「味覺」的關係也比較少。迷信的人都認為夢中「吃到」東西會交厄運。也許我的潛意識也受到這種迷信的影響，所以我雖夢見許多好吃的東西，但是從來沒「嚐」到它的味道。有一次夢到「一茶匙」冰激淋已經送到嘴邊，可是夢就醒了。我總以為，東西不送進嘴裡，就不會有「味覺」，因為味覺必須有舌頭參加工作。我們儘管可以夢到有一茶匙東西送進嘴裡，但是因為舌頭「拒絕幫忙」或「根本幫不上忙」，所以我們的夢中沒有「味覺」。這在文學作品裡也一樣，描寫「滋味」的文章是很少的，使它「具象」是很難的。

「夢」的這種「以畫面出現」的特性，也就是文學的特性。這在詩的創作上，尤其顯著，因為詩是最「純文學」的。

詩是抒情的，但是它要「表情」，就必須跟「夢」學，就必須有「心象」，有「意象」，也就是有「畫面」。在「夢」裡，我們的悲哀、快樂、憤怒、恐懼，是跟「畫面」或「動畫」一起出現的。這真是「情中有畫，畫中有情」了。文學所以能「抒情」，能感動人，就是因為它走的是「夢的路子」。詩人被人看成藝術家，最主要的原因是「給情感配畫」或「運用鏡頭」來拍攝情感的「動畫」，根本上是一種高度的藝術。

在散文裡，「愛」就說「愛」，「恨」就說「恨」，這是「散文的率直」。但是在詩裡，你就得「配畫」，就得「拍一段電影」；不然的話，感人的力量就弱了。「靜畫」跟「動畫」，幾乎成為詩的要素。直接指示情感的語詞，在詩裡，反而成為「陪襯」的了。

南唐後主的〈憶江南〉，頭兩句的「多少恨，昨夜夢魂中」，並不能給我們什麼「詩的感動」，只不過是些提示的話。到了「還似舊時遊上苑，車如流水馬如龍，花月正春風」，我們想起他的身世，都會忍不住為他掉淚。

柳宗元的〈江雪〉事實上是「用四個畫面來說話」：千山鳥飛絕，萬徑人蹤滅；孤舟蓑笠翁，獨釣寒江雪。

我們幾乎可以說，詩人是最會說「看得見的話」的人。白居易在〈琵琶行〉裡，該說那琵琶聲「圓潤清脆」的時候，他說的卻是「大珠小珠落玉盤」；他讓你「看得見」那聲音。

這就是「為什麼最使人動心的文學作品，指示情感的字反而用得最少」的緣故。我想，這是跟「夢」學的。

香

人類的嗅覺跟其他的動物相比，實在是遲鈍多了。獵人都知道野獸單單靠著一個鼻子，就可以「知道很多事情」，不一定要看到，不一定要聽到。經驗豐富的獵人，都要先繞到「下風」，然後再慢慢挨近他的老虎或獅子。如果他站在「上風」，就會被他的獵物「聞」到，他的獵物就會乖巧的躲開了。

人類這種「嗅覺遲鈍」的情況，完全表現在科學上，也完全表現在文學上。科學家「大致」把氣味區分成六大類：辛辣的、花草的、果實的、樹脂的、腐臭的、焦烤的。又說，有些氣味是幾種氣味的混合。例如烤過的咖啡籽兒的氣味，是樹脂氣味和焦烤氣味的混合。我的印象是，關於氣味的科學是「不怎麼科學」的。

比較有趣味的研究，是關於「有些嗅覺常常有某種觸覺伴隨著」的部分。例如我們聞到的樟腦味兒，常常有鼻腔內部肌肉的「冰涼感」伴隨著。我們聞到的「鼻菸」味兒，也常常有鼻腔內部肌肉的「刺痛感」伴隨著。

最有趣味的是辣椒。有人炒辣椒，我們「聞」了會打噴嚏，那氣味刺激了我們的「嗅覺」。可是吃辣椒的時候，忙的是主管味覺的舌頭。主管嗅覺的鼻子卻沒有什麼事情好做。

人類不一定討厭腐臭氣味。連我自己在內，都不得不承認「臭豆腐很香」。香氣太濃也不是好事兒。最濃，最強烈的香氣，往往竟跟人人討厭的人體排洩物的氣味非常接近。大概這是因為太濃的氣味，會使我們「頭昏」，失去了對氣味的區別力的緣故。

人類最歡迎的氣味當然是那「香」的。「香」，應該也算是一種「美的感覺」。不過，也許是因為我們人類的嗅覺並不很發達的緣故，文學作品裡描寫「氣味」的文章並不多。

我們的文學作品裡，運用得最多的「感覺」是「視覺」。我們一向最喜歡用語言去捕捉「視覺的收穫」，因此文學作品裡最多的是那些令人喜愛的「語言圖畫」。

「第二多」的應該是「觸覺」。不過有許多作家寫作的時候並沒真正運用他的「觸覺經驗」。他用「視覺」來代替。例如「粗糙」、「光滑」，「一眼就可以看出來」，並不一定要「動手」。我們的「語言的手指頭」常常偷懶。我讀到的「認真的寫觸覺」的文學作品是很少的。成語裡描寫觸覺的倒是有的，「如坐針氈」就是一個很好的例子。

寫「聽覺經驗」的文學作品，有名的是白居易的〈琵琶行〉，跟劉鶚的〈明湖居聽書〉。一篇是詩，一篇是散文，都很精采。寫「聲音」的一般技巧有兩種。一種是拿另外一種聲音來形容這種聲音，或者說，拿另外一種「聽覺經驗」來形容這種「聽覺經驗」。例如「如雷貫耳」就是。第二個方法就是把聲音轉換成形象。白居易的「大珠小珠落玉盤」是個例子。劉鶚的技巧更高，把聲音描寫成煙火，描寫成鋼絲，描寫成「一條蛇」。

味覺的描寫，在文學上，如果是液體食物，習慣上是拿「甘露」、「瓊漿」來做一種「省事的形容」。金聖歎曾經談過花生跟蘿蔔同嚼有火腿的味道。鄭板橋談到過那種「縮頸而啜之」的冬天的熱粥。這跟「味覺文學」很接近了。不過能夠認真的運用「味覺經驗」來寫作，或者認真的去形容「味覺經驗」的長篇作品，倒是很少見。

現在再回到嗅覺。

在我們的語言裡，關於嗅覺，最常用的有「香」跟「臭」兩個字。

關於「香」，口語裡最平常的形容是「香噴噴的」。另外還有一個「香馥馥」，是元曲裡用的。文言詞裡，還有個「馥郁」，還有個「芬芳」，也都是常用的。用「香」字構成的語詞倒是很多，不過那實在是屬於「語言學」的範圍，並不屬於「文學」的範圍。

我倒是注意到成語裡有「沁入肺腑」的話，這可以代表描寫香氣的一種技巧。另外一種常用的老套，就是用「如蘭」來形容一切香氣。蘭花的香氣成為「令人覺得舒適的香氣」的代表。

《紅樓夢》裡的「花氣襲人」，林和靖的「暗香浮動月黃昏」，說的都是「香氣」的活動，還不能算是有心的去形容一種「嗅覺經驗」。

我想探討的是，如果我們真正有心的想用語言去捕捉一個「不願意失去」的嗅覺經驗，我們可能用些什麼方法。

我想第一個辦得到的方法，就是「如蘭方法」，也就是用另外一種東西的香氣來形容這種「嗅覺經驗」。你可以說那香氣像茉莉，像蓮花，像水仙，像一杯香片茶，像一杯熱咖啡，像炸排骨，像糖炒栗子，像打開一瓶好酒，像走過西餅店的大烤爐，像剛起鍋的一道麻婆豆腐。

第二種方法就是「沁入肺腑法」。這個方法就是描寫其他感官的感覺來配合。那種香氣，必然的會造成你心情的變化，給你一種愉悅感。是不是有一種「聽覺經驗」、「視覺經驗」、「味覺經驗」、「觸覺經驗」也使你產生過一樣的愉悅感？

劉鶚在〈明湖居聽書〉裡，就運用「觸覺」跟「味覺」來描寫「聽覺經驗」。

他說，聽了那唱書兒的美妙聲音「五臟六腑，像熨斗熨過，無一處不伏貼」。這就是用「觸覺經驗」來描寫「聽覺經驗」。

又說：『三萬六千個毛孔，像吃了人參果，無一個毛孔不暢快。』這就是先用想像的「味覺經驗」來描寫「觸覺經驗」，再用那個「混合經驗」來描寫「聽覺經驗」。

我想應該還有一種方法，那就是對過去的珍貴生活經驗的聯想。一種特別香氣，會使一個人回想第一次離開家鄉，在一棵木犀花邊跟太太話別的情況。另外一種香氣，可能會使一個人想到越南西貢的一家法國式的餐廳。這個方法，使作者可以有一個很廣闊的「馳騁想像的天地」。

我忽然想到，最重視氣味描寫的文學讀物應該是偵探小說。福爾摩斯那個靈敏的鼻子，真是敏銳像野獸的鼻子。他辨別氣味非常精確，常常靠著他的鼻子破案。因此，我可以說，偵探小說，在某一種程度上，是「嗅覺文學」。

我們的文學作品，在運用「視覺經驗」方面已經有非常傑出的成就，但是對於其他的「四覺」，我們似乎探索得很少。如果我們不是探索得那麼少的話，我們的文學作品一定會更動人。

我們能用語言「畫出一個風景」，為什麼不也嘗試著用語言去引發一種聲音，一種滋味，一種香氣，一種精確的觸覺的聯想？

卷四

我和詩

「共喻律」

有一個朋友說，他用文言文寫信提到自己的父親，喜歡用「家父」兩個字，不喜歡用「家嚴」。他說，並不是「家父」接近白話「一些」，並不是「家嚴」會使人覺得「彷彿生活在古代」，並不是「家嚴」筆畫多，並不是「家嚴」很可能使「並不天天念古書過日子」的現代人看不懂，實在是「嚴」字「並不是」對他慈祥的父親的「恰當的形容」。

我的朋友說，「語文世界」裡有一條嚴格的「共喻律」，是用來防止「自戀式的揑造」對整個語文的破壞的。那「破壞」的嚴重性，是使「語文世界」整個崩潰，使我們再也沒有「看得懂」的語文，使「語文巨人」一下子「濃縮」成「侏儒」——只能在個別的「兩三個人」的「迷你」世界裡應用。

我的朋友是學「文學」的。他說，在「文學世界」裡，一切令人動心的「創造」，一切絕妙好「詞」，都是禁得起「共喻律」的考驗的——也就是說：都是能使「共喻律」先生含笑點頭表示欽佩的。（令人動心的「創造」，都是作家的智慧穿過「共喻律」的「針孔」所完成的一次「成功的演出」！）語文修養淺的人，他說，都很容易掉入「自戀式的揑造」的陷阱，幻想已經進入「創造境」，只在蚖蚤居住的「皮毛層」裡跳舞——「忘掉」了一個作家還有許多「做不完的功課」要「趕」。

我的朋友說，如果不是「共喻律」的約束，他很想對人「稱」自己的父親「家敬」或「家祥」，因為他是很敬愛他的父親的，因為他的父親是很慈祥的。當然，他自己也知道這是「共喻律」先生「沒法子」同意的。不然的話：

我愛我的家祥，彼係吾冬日之太陽！

——你們去「欣賞」吧！

在中國語文演變史的「第一階段」，「嚴」字跟「父親」並沒有什麼「必然」的關係。在《孝經》的時代，「嚴」字是一個「動詞」。「孝莫大於嚴父」，這個句子裡的「嚴父」，是「尊敬父親」的意思。這個「嚴」，是動詞「嚴」。這個「古代動詞」，對現代人來說，是「只在古書裡活躍」的。現代話裡，對於「我很嚴您」，「您是很值得我嚴的」，「我從小就很嚴我的父親」這種說法，是「完全」沒法子接受的——也就是說，這是「共喻律」先生「沒法子」同意的，就是搬出古書來「作證」也沒有用。

如果不是「共喻律」先生在那兒作梗，我們用漢字寫英文詩寫到「只許安上一個音節」，而又非表達「尊敬」的意思不可的地方，索性填上一個「嚴」字，那不是很理想嗎？

我獻鮮花於父之前，虔誠表達對您的嚴。

——你們去「欣賞」吧！

「共喻律」先生並不是一個保守分子。實際上他所掌管的是「語言活動」，是「文學世界」裡的「活活潑潑的行為」。他的書房裡有古書，也有「今書」，有「文法」，也有錄音機「紙帶」。他並不討厭令人動心的「創造」。他甚至是一個「酒神」，主管「意味」的「釀造」。「創」一兩個「新詞兒」，對他來說，只不過是他所主管的業務中的一個「形而下」的小項目。

在「嚴父慈母」這個短語初次出現的時候，他喜歡這「並列」的方式，認為這是有「共喻性」的創造。這可愛的，有共喻性的並列方式一旦被他接受，「嚴父」

成詞，「慈母」也成詞了。

「慈母」是一個老「詞」，在《儀禮》的時代，是用來稱呼父親的「妾」；不過並不是所有的「妾」都可以稱「慈母」，「慈母」是單指對「說話的這個兒子」有撫育之恩的那一位妾。最初，「慈母」裡的「慈」，並不是完全沒有「對第二代的愛」的意思在內。但是到了「嚴父慈母」並列的時候，那「對第二代的愛」的意義就更「顯」了。「慈母」也就成為「慈愛的母親」了。可見「共喻律」先生並不是排斥創造的。

我說過「共喻律」先生的書房裡是有錄音機「紙帶」的。有一個例子可以證明這件事。「嚴父」的「嚴」，在現代語言裡可以作「他對子女管教很嚴」的運用，閩南話裡也有「我們的級任老師很嚴」的說法。但是，你要是寫詩遇到「音節方面的問題」，硬要「草率」的寫上「我的母親很慈」的句子，「共喻律」先生又要搖頭了。他的錄音機紙帶上沒有這個紀錄，所以他認為「我的母親很慈」的「共喻性」不高，給這個「創造」打的分數也就很低了。

「共喻律」先生，和氣慈祥，他不「批准」，也不「批駁」。他只不過是「批評」。好的，他就臉上含笑；不好的，他就微微皺眉。他像現代觀念裡的「好父親」，從來不對「堅持己見，不肯變通」的子女「說教」。他讓子女去做一切他們認為絕對「對」的事情，去鍛鍊智慧。

「文學的世界」裡不能沒有「創造」。那個「沒有創造的」是「應用文的世界」。在我們運用「報告事實的語言」或「記錄知識的語言」寫作的時候，「語言」本身的「創造」並不是「必須」的。但是我們一旦想用「語言」來刻畫個人獨特的「感覺」，語言本身的「創造」就成為絕對的「必要」。

世界上有許多人只會用古典文學傑作裡的套詞套語來寫作，在「應用文的世界」裡可以被稱為「才子」，但是從最高境界的文學創作的觀點來看，他們的「創作活動」可以說是「根本」「完全」「沒有開始」，因為他們的作品裡沒有一絲絲的「個人的獨特感覺和經驗」存在。他們認為古人的佳句已經足夠做他們的「發言人」了。

在文學創作的世界裡，要緊的並不是「我要把那件事情寫下來」，也不就是「我應該怎麼樣來寫才好」；唯一的，最要緊的一件事，是「語言要有意味」。這就是「文學」的最大的祕密。

「意味」的產生，不過就是「以你自己獨特的感覺來處理這個世界」促成的，是一樣含有很濃的「改變」意義的活動。這個「活動」，充滿生機，但是效果大不大卻完全由它的「共喻性」高不高來決定。

有一個家境窮困的小孩子，學校要他交「代辦費」。母親就決定上山去砍竹子，挑到鎮上去賣錢，好賺出這筆「代辦費」來給他。有一天中午他放學回家，路上遇到母親挑著一擔竹子要到鎮上去，還告訴他賣了那擔竹子，代辦費就湊齊了。這孩子在大太陽底下聞到母親身上發散出來的汗臭，就覺得鼻子一酸。後來他寫：『媽媽身上有人人嫌臭的氣味，我聞起來卻是世界上最香的。』許多人讀了，頰上都有淚珠像雪球滾落山坡。那個句子是很有創造性的，尤其可貴的是「共喻性」也很高，因此產生了意味。我們可以把這句子「創造」成下面的樣子：『吾之母衣服之內的身上之汗的氣味，乃最香於世界上之任何一物之頂巔。』

或者為了「音節」的緣故，依《三字經》的原則，把它「濃縮」成：『母汗臭香』。

如果真這樣做，就會因為「共喻性」的「偏低」，使句子的「意義」消失，「意味」同時也消失了。

談「散文」（一）

什麼是「散文」？

在「文學的世界」裡，「散文」有兩層含義：

第一層含義，也就是它的「廣義」，是指「自然的語言」。

第二層含義，也就是它的「狹義」，是指「純文學裡的一種格式」。

同一個語詞卻有雙層含義，這在「科學的世界」裡是不許的，因為科學講的是「無情的條理」。可是在有情有境的文學世界裡，這種「親切的混亂」也有它可愛的地方。

關於這件事，十七世紀法國喜劇作家「莫里哀」，在他的劇本裡就寫過幾句有趣的對白：

朱丹先生：『我不懂你的意思。要是我說：「尼哥耶，把我的拖鞋跟睡帽拿來！」這就是「散文」嗎？』

哲學教授：『您說得很對。』
朱丹先生：『我的天哪，我講了四十多年的「散文」，自己連知道都不知道！』

劇本裡的哲學教授，懂得「散文」的雙層含義。那個朱丹先生，只懂得「狹義的散文」，所以他抑制不住心中的「充滿了虛榮的喜悅」。

純文學的作品，按格式來區分，可以很粗略的分成四大類：詩、小說、戲劇、散文。這裡的「散文」，就是狹義的散文。擅長寫詩的是詩人，擅長寫小說的是小說家，擅長寫劇本的是劇作家，擅長寫散文的是散文家。這是現代西洋文學裡的區分法，也是現代中國文學裡的區分法。

從「廣義的散文」來說，在西洋文學裡，除了「詩是詩」以外，小說、戲劇、散文，都是用「散文」來寫的。

西洋的「文學批評」世界裡，承認小說、戲劇、散文，都是拿「自然的語言」做材料來製作的；不過「詩」卻不是。這是因為西洋的詩，不管它的內容多「現代」，精神多「現代」，形式上仍然是相當「傳統」，甚至是非常「傳統」的。在形式上，他們的現代詩，還是裝在舊瓶子裡的多。

因此，他們很容易區分「詩」跟「散文」。「散文」是自然的語言，「詩」是「有格律的語言」，也就是「不自然的語言」。我們的傑出的詩人，都能把這種「不自然的語言」寫得很自然，像杜甫，像李白。

西洋詩人筆下那些讀起來很自然的語言，骨子裡都受到嚴格的「格律」的約束，都有「含笑受苦」或者「戴著枷鎖跳舞」的「偉大精神」。詩裡的「格律語言」，要講「輕輕重重，重重輕輕」，要受「多少個音步」的限制，要講「韻法」，要講行數；「無韻詩」雖然不押韻了，但是卻要精確的講究「音步」。

這種情形，使他們很容易區分「散文」與「非散文」。你所讀到的純文學作品裡的文字，除了「詩」以外，都是散文——他們說。當然，他們也留下某種「親切的混亂」，那就是「散文詩」。先不去管它。

散文，就是不受格律約束的語言。

在我們中國的古代文學裡，詩跟散文是很容易區分的。《詩經》裡的語言是「受格律約束的語言」，受字數約束，受押韻的約束，甚至受到簡單的音樂裡的「樂章」的約束。那「樂章」，決定了「句數」。

駢文跟散文也還是容易區分的。駢文裡的語言是「受格律約束的語言」，受的是「句裡字數的相等」，「偶語」，「押韻」這些約束，不能「自由奔放」。

嚴格的說，「八股文」也不是散文。八股文裡那可怕的「前比」、「中比」、「後比」，都是「對句」；其他不是「對句」的地方，仍然有「句數的限制」。

嚴格的說，「對聯」也不是散文。固然對聯可以寫得很接近真實的口語，但是「上聯」很顯然的困死了「下聯」，它仍然是「受格律約束的語言」。

最有趣味的是我們中國的現代文學。我們的純文學作品裡，已經很難從「形式」上來區分「詩的語言」跟「散文」。我們的新詩，事實上已經是西洋文學裡認為「如果沒有傑出的文學才能，就很難寫得好」的「散文詩」。

我們的「散文詩」，除了很少數的詩人仍然模仿西洋散文詩那種「不分行」的形式以外，跟西洋的「散文詩」基本上還是不同的。

我們的散文詩是分行寫的，因為我們承認「分行」是很美的「詩的唯一形式」。單從形式上說，我們的新詩已經建立了「分行的散文」的形式——我們完全不必為這個形容自卑。

西洋的「文學批評」裡，對於資質比較差的詩人，雖然表面上會用「格律語言」來寫作，詩句中卻完全沒有「詩質」的，就罵那詩人的「詩」是散文。其實從形式上說，那壞詩人寫的也還是「詩」，只不過是壞詩罷了。這也是一種「親切的混亂」。

我們中國的「文學批評」裡，也罵寫得不好的詩是「分行的散文」。不想想這「分行的散文」正是我們新詩的美的形式，只是那首詩缺少「詩質」罷了。這也是一種「親切的混亂」。

其實，我們的「詩的語言」跟散文也還是可以區分的，不過那區分只有語法學者才辨得到就是了。我們的「詩的語言」比西洋詩自由得多。它甚至不像「散文」那樣必須有完整的「語法句」。它可以有「不完整的語法句」或「省略的語法句」。這卻是我國的文學傳統。困難的是，我們的「散文」現在反過來向「詩」學習，也要求有使用「省略的語法句」這種「傳統賦予的自由」，這樣一來，區分就不是很容易的了。

「狹義的散文」那種用散文寫的「散文」，在唐宋就很發達。我們有一個《古文觀止》的散文傳統。到了「晚明」，我們的散文小品就已經很「言志」，很「抒情」，很「純文學」的了。「五四」的散文很可愛。現代的散文更「多采多姿」。

散文因為是用「不受格律束縛的自然語言」來寫作，所以有「好懂」的「天性」，而且人人會寫。

凡是人人會寫的東西，寫得好最不容易。「散文」就是這樣。不過，這並不是說「散文藝術」沒人講求。

散文最怕的就是「密度」太密，「濃度」太濃。散文裡最忌諱的是賣弄。堆砌辭藻跟堆砌技巧，最容易使散文「格律化」，不是散文的「美德」。散文家寫詩，往往詩質太淡；詩人寫散文，往往雕琢過分，就像一篇「賦」。詩人寫散文，往往在應該灑脫的時候，奮發像寫萬行長詩。

好的散文，使讀者跟隨著作者的語言，散步似的走完全程以後，能夠受到「某一種啟發」。只有對人生「體會」最深的散文家，才能做到這一點。散文畢竟不是詩，能夠做到「行文像流水，佳句像蓮燈」，才算恰到好處。

不管怎麼樣，「散文」不必符合「詩的要求」，就像它不必符合「戲劇的要求」、「小說的要求」一樣。散文本身，也存在著「散文的要求」。

談「散文」（二）——兼介紹三部「散文」書

文學跟音樂的「不自然」的結合，產生了韻文。文學跟語言的自然的結合，是散文的最大特色。

音樂，在本質上，是「有規則的排列聲音」。是一種「聲音的圖案」。它由「按規矩創作」開始，最後終於達到「創造規矩」的最高境界。如果你不能由「聲音圖案」的欣賞中，感覺到生理上一種「受電療的愉快」，你根本就不懂音樂。王羲之由鵝脖子的伸縮體會到手腕的運動，但是他的字是字，他並不畫鵝。笨先生常常希望由「高山流水」中，聽到「現在河流拐彎兒了」，「現在經過蘆葦叢」，「現在可熱鬧了，有幾條魚游過來了」，「聽（倒不如乾脆說看），現在來的是一艘漁船」！這實在是多餘的。「平沙落雁」裡並不告訴你「一共來了幾隻大雁」。

詩論家在討論詩的格律的時候，他其實是在那兒談音樂理論，一種「在音樂裡根本不發生困難的音樂理論」。「戴著枷鎖跳舞」是「格律派」詩論家對於詩藝的必然結論，有悲壯的氣概。不過，問題是：我們為什麼一定要戴著枷鎖？而且「枷鎖舞」並不是最好看的舞。

當然，我們也不能因為文學跟音樂的結合是一種「錯誤的結合」，就蠻橫到想寫一部「改變歷史的書」，說：文學史上根本沒有韻文，沒有詩歌。

文學的誕生比音樂晚，這一點我們大概可以從「舊非洲」土人的擊鼓藝術找到一點論據。鼓的節奏是人類最初的音樂。從現代觀點來看，欣賞音樂的第一課應該是「聽鼓」。由鼓到絲竹管弦，人類在音樂的世界裡「邁了一大步」。

文學要跟音樂結合，就必須配合「樂拍」，「樂句」，「樂段」，「樂章」。為什麼詩（或韻文）一起頭就必須「戴著枷鎖跳舞」，從這裡就可以找到答案。詩的歷史也就是「枷鎖舞」的歷史。

我有一本小書《散文裡的意念》（書裡介紹現代世界散文家的英文作品，包括林語堂先生的〈論老得光彩〉在內），編者「奧斯卡·費德爾」提到散文，說它是「文學的最古老的形式」。這一點，我們可以不必懷疑。

文學的最初的運用，是為了記事，記「天的大變化」，「王的大舉動」，還有「記帳」。那時候，擊鼓的藝術已經不差，可是語言還「站不穩」，文字更是「搖搖晃晃」。那時候的「我手寫我口」，是一種「醉酒的扶著酒醉的」，還不成熟；不過有一點我們卻可以確定：它是很「散文」的。甚至在「結繩記事」的時代，那些「繩結」也是很「散文」的。如果有心把「繩結」編出圖案來，豈不把想記的事情都弄亂了？

一切藝術的起源，都是由「雕琢衝動」來的。「語不驚人死不休」，說明杜甫在寫作的時候「思想雕琢衝動」的強烈，甚至超過了對於生命的愛惜。擊鼓的藝術是由「律動」跟「變化」來的。我們的祖先當年也想雕琢他們那些「亂七八糟的白話文」，可是怎麼雕琢法？自然只有向當時藝術成就相當高的「音樂」學習學習，把音樂的規矩拿來當作文學的規矩。於是人類歷史上的「填字活動」開始了，「枷鎖舞」開始了，詩歌開始了。

一般的文學史家都談到人類最初的「成熟的文學形式」是詩歌，這一點我們也不必懷疑。現代人當然會「很聰明」的批評詩歌裡的語言是不自然的語言，不過這種「遲到的聰明」並不值得驕傲。當時人類的語言並不十分成熟，都有一種「天底下最寬鬆的語法」，並沒有自然不自然的「覺醒」。

音樂的爐子是鍛鍊音樂藝術的，現在拿來鍛鍊文學，必然產生許多怪事。例如字數的限制，句數的限制等等，真使人類活活潑潑的語言不知道該怎麼辦才好。

這種「不自然」的結合，並不是一種「浪費」。「韻」的發現，以及後來關於聲律方面的許多研究，對現代的語言學的貢獻是不能抹煞的。除了對「語言學」的貢獻以外，韻文對「語言本身」的影響還是很大的。

語言是有惰性的，因為它主要是一種傳播工具。「創造」對傳播的效率有礙。「創造」依賴「體會」跟「領悟」。如果沒有文學作品對人類的創造慾不斷加以刺激和鼓舞，語言本身的創造活動必定會減到「最少」。既然韻文是當時主要的文學形式，那麼韻文裡除了聲律以外，必定藏有「可愛的文學活動」的最大部分。我說韻文對語言，甚至文學有很大的貢獻，就是從這個角度看的。

語言運用的範圍越來越廣，它的本身逐漸成熟，有了確定的語法和語型。不過，語言的發展是遵循語言的法則，並不遵循音樂的法則。這就使文學在選取它的形式的時候，發生了困難。它該走音樂的路？還是走語言的路？文學是音樂的螟蛉子。語言才是文學的生身父母。音樂的規矩束縛了語言的自然，但是文學的主要活動，有一個時候，卻差不多全部藏在韻文的世界裡。

從這種複雜的關係來看現代詩的放棄韻跟格律，可以把它形容成文學對音樂的「最大的忘恩負義」，也可以形容成文學對語言的一次「最大的母子相認」。

在中國文學史上，韓、柳的反對駢儷，是向文學的「音樂系」爭取文學的「語言系」的獨立發展。胡適先生的鼓勵大家寫白話文，更激起了中國文學對語言的一次「最大的親子相認」。

現代的中國人都已經懂得「用語言來寫作」這個短語的含義，不會傻到辯論起來說：『語言是聲音，它怎麼寫得出字來？用「筆」還差不多！』「我手寫我口」，也不會被誤解成「拿起筆來畫一個嘴的形狀」。現代人有他的現代觀念。用語言寫作的人重視現代語言的節奏和語句的變化，但是他一樣鑑賞「李杜」和「史漢」。藝術的遺產是屬於全人類的！沒有人能禁止寫白話文的人進入故宮博物院。

對韻文來說，散文是傾向於語言的。對詩、小說、戲劇來說，「散文」是現代文學四大領域之一。「散文」必然是散文的，這不奇怪。「詩」竟然也是散文的，我們真該領悟到人類的文學確實已經進入了散文時代——跟語言結合的時代了！

再見，把文學養大的「音樂」！

現代的散文的「散文」，已經發展成一種特殊的藝術形式，自自然然，自自在在，不在小地方作繭自縛。語言的節奏配合著思想的起伏，適合「巧人」造「語花」，也適合「率直人」說真話。杜甫可以把它寫成美酒，李逵可以把它寫成開水，最適合表現作者的個性、思想、趣味。

我的朋友方祖燊、邱燮友兩位先生，都在師範大學教授「散文寫作」。他們分析它的結構，為它撰述理論；並且為了理論與實際的配合，耗費很大精神編選了

「名家分類散文選」，合訂成一部很完整的書：《散文結構》（蘭臺書局出版）。這本書的理論部分，穩重而不拘泥，現代觀念「融」入了傳統，傳統精神「化」入了現代，不固執，不輕浮，對現代「散文」作最負責的分析。這一點很令人欣賞。

「名家分類散文選」部分，只選到已成名的鉅子為止，因此想欣賞現在活躍在文壇上熱熱鬧鬧的現代「散文人」的作品，還有三本書值得介紹，那就是女作家沉櫻編的《散文欣賞》第一、二集（純文學月刊社發行）和女作家林海音編的《純文學散文選集》（純文學出版社發行）。《散文欣賞》所選的，都是沉櫻女士依自己的嚴格標準，親自讀過而認為有「味兒」的散文，重視它的是否能使人「沉思默想」，「若有所悟」，「會心微笑」，「掩卷太息」。

《純文學散文選集》的特色，是它不但選入了活躍在現代文壇上的成名作家的作品，而且最年輕的作者的作品也不放棄，只要那作者的文章好。

三種書一起讀，一個人很容易的就可以熟悉「現代散文的世界」。像熟悉臺北街道的臺北人一樣，他會很自然的成為「散文人」。當然，如果除此以外，還認為必須『最最最「前衛」的』才是現代散文的至高美質，那就只有學陳子昂那樣自己去面對著大宇宙沉思，連「日日新，又日新」的洋書也幫不了忙了。

小說跟故事

讀第二十期《書評書目》，裡面有朱約農先生的一篇文章〈美國暢銷書傳奇〉，提到女作家「瑪格麗．密琪兒」所寫的暢銷小說《飄》，在嚴格的美國文評界眼裡，只是一本故事書，並不列入文學著作的品位。但是同時卻有許多文學教授認為「瑪格麗．密琪兒」比《大地》的作者賽珍珠更應該得諾貝爾文學獎。

另外，文中還提到男作家「傑克．倫敦」的那一本野狗故事《野性的呼喚》，卻是嚴格的文評界多數贊同的一本暢銷書，承認那是有價值的文學作品。

讀完這一篇文章以後，就想到現代文評界對小說的看法，有強烈的「重視作者思想」的傾向。小說成為相當嚴肅的文學形式，而且有它特殊的社會使命。小說藝術的最高理想，已經不再是它那能使人哭，能使人笑，能使人憤怒，能使人嘆息，能使人緊張，能使人沉醉的魔力了。

文評家所關心的小說，是「有作者的一套思想在內」的小說，無論那思想是「為時代作喉舌」還是作者個人的獨特思想。不管怎麼樣，小說已經成為腦門上有一道道深深溝痕像一個愛因斯坦那樣的作家的「文學形式」了。

文評家不再關心一部小說是使人感到溫暖的喜劇，還是令人落淚的悲劇。他所關心的「動人」，是指作者的思想動人不動人。對於小說裡的「故事」，他關心的是那故事本身的意義，不再關心它是否曲折離奇。

現代的文評家似乎已經不再關心小說裡對人物的刻畫是否「栩栩如生」，是否「呼之欲出」。他關心的是作者在刻畫人物的同時，究竟刻畫的是什麼思想。有許多現代小說，對人物的刻畫是不十分重視的，他們刻畫的是一個「會走路的思想」。《異鄉人》就是一個很好的例子。

現代小說當然也發展出許多嘗試性的新技巧來，例如對「意識流」的運用，對「象徵」的運用。不過，那意識流中仍然有一股作者的「思想的暗流」，那象徵，象徵的也還是作者的思想。

文評家相當固執的認為《飄》只是一本故事書，「瑪格麗．密琪兒」只是一個會說故事的人，主要的原因是《飄》裡只有一個非常動人的故事，卻沒有一個非常動人的思想。

再看看「傑克．倫敦」的《野性的呼喚》，故事是「一條直腸子」，但是在那部小說裡，處處流露他對莊嚴的「生命」的崇拜跟讚頌。他的思想「物化」成一隻野狗。所以文評家拍手叫好兒，說這才是一部小說。

這種趨勢，逼使許多現代小說家，不得不先去弄點兒現成的思想，例如「虛無思想」、「存在主義思想」，先把思想安頓好了，然後安心的去琢磨自己的新技巧。不過，僅僅只有新技巧而沒有自己的思想的小說，仍然不被文評家承認是好小說。

現代小說的一個新的定義，應該是「物化了的思想」。拿這個標準來衡量曹雪芹的《紅樓夢》，現代的文評家就無法不承認那是一部好小說了。

曹雪芹是享受過榮華富貴的生活以後，在老年窮困潦倒，回憶往事，不禁連連嘆息，徹悟出人生不過是一場空。他把這「空無」思想，物化成《紅樓夢》裡的一百多個重要角色，並且否定了人間完美愛情的可能性。儘管他的思想是那樣「空無」，但是對他自己卻是那麼「真」。

在中國作家裡，如果要找一個夠水準接受諾貝爾文學獎的人，曹雪芹應該是最佳人選，因為他是一個懂得把思想物化了的人。現代小說，已經成為「把思想物化了」的藝術了。

換一句話說，現代的權威的文評家，倡導的是「硬小說」，對於作者思想的硬度非常關心，但是在某種程度上忽略了小說的趣味性。曲折的故事，迷人的情節，都被當作「古典」看待。他把只重視「小說的娛樂性」的作者，叫作「一個會說故事的人」，含有貶抑的意思。

在我們中國歷史上，最會說故事的人是明朝末年的說書人柳敬亭。不過柳敬亭說的是現成的故事。他講究的是養氣，定詞，審音，辨物。他並不自己編出一個動人的故事來。

自己編故事是需要一點組合能力的。組合能力是創造力的一種，因此許多人認為編故事也是一種文學才能。這種想法不能算錯，但是一個真正的作家更需要的是敏銳的感受力跟驅遣語言的能力。

敏銳的感受力，能使一個作家在人人同有的現實生活中獲得不是人人能有的新鮮東西。驅遣語言的能力，就用來表達他所獲得的。

一個純粹經營「小說的娛樂性」的作者，只能用陳腐平庸的舊東西來組合，只能在組合上變花樣，不能使他的小說有新生命，新意義。

感受力敏銳的小說家，常常能在現實生活中發現一篇一篇的新小說。對他來說，這世界到處是小說，人生就是小說。他用不著去「編一個動人的故事」。

我的意思是說，一個好的小說家，往往有極敏銳的「小說眼睛」，「小說鼻子」，「小說耳朵」，「小說心」。他所憑藉的，往往是他敏銳的感受力而不是編故事的才能。

我們似乎可以很公平的說，把一個會編故事的人叫作「會說故事的人」，把一個有小說眼睛、小說鼻子、小說耳朵、小說心的人叫作「小說家」，並不能算錯。

一個會說故事的人所寫的，當然是他所編的故事。一個小說家所寫的，是現實人生給他的感受，這裡頭含有作家個人的新鮮思想，那是必然的事。

有些小說家所寫的，純粹是他平空編出來的不真實的故事，那麼別人喊他「會說故事的人」，他當然只有接受。

同時，我們還得防止另外一種傾向，那就是小說雖不能擺脫作家思想的影響，但是也不能因此成為作家的人生哲學論文或社會改革論文。如果真是那樣，小說就要成為「最硬的文學讀物」了。

深切的感受，刺激作家去思想，但是在小說裡，作家必須把思想還原成感受。

「詩的語言」

詩？

跟散文有什麼不同？

從「語法」的觀點來看，我們不得不承認：詩是最接近自然的語言的；散文，它不幸是一種造作的語言——從「語法」的觀點看。

最適合寫詩的人是兒童，是不讀書的「自然人」，是第一流的語法學家。這是因為這三種人都「仰仗」自然的語言，都惟自然的語言是賴，都拿自然的語言作為「琢磨的對象」的緣故。

舉頭望語法，低頭思散文，我們覺得散文只運用了一個「基本的語法單位」，卻不懂得活活潑潑的「語法的運用」。

最值得惋惜的是兒童、「自然人」、第一流的語法學家，他們都不寫詩。這是因為，我想，兒童的思想太「短」，「自然人」的思想太「淺」，第一流的語法學家太「忙」的緣故吧。他們都沒有「好好兒經營一首詩」的可能。

我們只有讀詩人所寫的詩。詩人像兒童那樣的「常把新意義給了舊語言」，但是他的思想比兒童「長」十萬八千里。詩人像「自然人」那樣的「信賴」日常的語言，但是他的思想「深」得多，一直深入「地心」。詩人像第一流的語法學家那樣能夠「最靈活」的運用語法知識，而且他不那麼「忙」，他可以專心寫詩。

詩人的語法知識是「感知」的，他的精神「忙碌」在「純人性的世界」裡。第一流的語法學家的語法知識是研究出來的，是「悟知」的，他的精神「忙碌」在「語言組織的世界」裡。不過他們有一個相同的地方，就是他們都接觸到自自然然的活語言。

我的「腦海」裡有一幅圖畫：在波濤間航行的有兩艘小白帆船，一艘小帆船上的水手是滿頭白髮的詩人，另外一艘小帆船上的水手是滿頭銀絲的語法學家。那個海，是「語言的海」。這真是「老人與海」。

我的「心田」上還有一幅圖畫：在小山谷的林邊徘徊的是兩個「低頭人」，用心專一，頭上都戴著一兩片落葉，嘴裡念念有詞，在那裡「練習說話」，作「句型磨練」的功課。其中一個是「佛洛斯特」，另外一個就是「馬建忠」。

「詩的語言」跟「散文的語言」有什麼不同？

用我所認識的一位兒童文學作家所描繪的那種天真口吻來說：『詩的語言是非

常「詩」的，散文的語言是很「散文」的。它們不一樣，誰都知道。』

詩理論家一談到「詩的語言」都會產生一種「激動」，一種「狂熱信徒」式的激動（因為愛詩）。詩的語言，他說，是一種什麼的什麼的什麼的語言，它是衝出了什麼的，打破了什麼的，直搗什麼的，無視什麼的，極端什麼的，絕對什麼的。其實用不著這樣子。

「詩的語言」跟「散文的語言」的區別，不應該拿「文學藝術的尺度」來衡量。

說詩的語言是「最精練的語言」，固然是對詩的一種頌讚，但是他有沒有想到他的「語言」會使「事實上散文寫得非常精練的作家」搖頭嘆息？討好「詩」，就不怕貶黜「散文」？何況，從嚴格的「語法」的觀點來看，散文的語言實在「人造」得多，也「精練」得多。

說詩的語言是「藝術化了的語言」，這種說法如果竟成為輿論，許多出色的散文作家都要低聲悲泣了。

詩的語言都是好的，美的，生動的，這種說法固然可以接受；但是也應該考慮到「散文的語言都是壞的，醜的，乏味的」，這種說法是否有「可接受性」。

「詩的語言」跟「散文的語言」的真正的區別，只有一個「錯誤的說法」是最接近「正確」的。那個錯誤的說法是：詩的語言是「不合文法」的。

一般人只從「用字」的觀點來觀察詩，不知道由「語法」的觀點來觀察詩。前面所提的那個「錯誤的說法」採取了「語法的觀點」，所以比較接近事實。其實，「詩的語言」的特色，是可以用語法觀念來加以「描述」和「分析」的。

在「語法的世界」裡，「句」的傳統意義是「表達一個意思的有組織的字群」，是「語法單位」的一種。研究一般語法的學者，為了觀察某一種語言的「工作情形」，拿「句」作單位是最方便的。當然，語法學者也可以拿「片語」作研究對象，也可以拿「語詞」作研究對象。

「散文的語言」的特色是：散文的「句」，跟語法上的「句」完全相等。一個「散文句」就是一個「語法句」。想想這種文章多難寫。你的每一個意思，都要先邏輯化了，變成一個「語法句」，要有主語，有述語，然後才能寫下來。所以它是相當「人造」的，相當「加工」的，相當帶有「文化色彩」的。我們學習作文，要從散文開始，因為散文「調整我們的思想習慣」，真正的「磨練了我們的語言」。散文「留下了最明顯的學院教育的痕跡」。

因此散文的藝術成為「句的藝術」。你只能有「句」，所以你必須求變化：長句，短句，單句，複句，倒裝句，「正裝句」……

在「詩的語言」裡，又是另外一番景象。詩也有「詩句」，但是「詩句」並不全部等於「語法句」。

用語法的觀點來描述，它的情形是這樣子：

一個「詩句」可能是一個很完整的「語法句」，例如「月上柳梢頭」，例如「人約黃昏後」，有主語，有述語。在這種情形之下，它是很「散文」的。如果一首詩裡的「詩句」全部都是「語法句」，它必定會給人一種「念條文」的乏味感覺。不過，一個敢於接受挑戰的「藝高膽大」的詩人，也並不是不可能把一首詩裡的「詩句」全部寫成「語法句」。

一個「詩句」，也可能是一個沒有「主語」的語法上的「短語」。例如「舉頭望明月」，例如「低頭思故鄉」。找不到主語，這又是中國自然語言裡最普遍的現象，同時也是詩裡最普遍的現象。

一個「詩句」，也可能只是一個「打扮得很漂亮」的「名詞」，例如「青青河畔草」。

一個「詩句」，有時候是一些「構造完全相同」的「語詞的並列」，例如馬致遠所寫的小令〈天淨沙〉，從「枯藤老樹昏鴉」、「小橋流水人家」到「古道西風瘦馬」，都是這種「語詞並列」的「詩句」，到了「夕陽西下」，「斷腸人在天涯」，這才來了兩個「語法句」。

我們念到「每逢佳節倍思親」的時候，並不問：『說的是誰呀？』

我們念到「車如流水馬如龍」的時候，並不說：『分明是兩句！』

原因是我們都知道這是「詩」，是「詩句」。散文的藝術是「句子的藝術」，詩的藝術卻是「語詞、短語、句」的綜合藝術。散文舞一把大關刀，詩舞三劍。從一個角度看，散文好寫，因為只要舞一把刀；詩要舞好多刀。從另外一個角度看，散文難寫，因為要「造句」到底；詩順應最自然的語言，單單修飾一個語詞也可以，「做」一個片語也可以，造一個「句」也可以。

『不颳風，不下雨，急著回家幹麼？』詩評論家最怕的這種意味較淡的「平凡的語言」、「正常的口語」，但是從「語法」的觀點看，它卻是最接近詩的。它使人想起了一個類似的「名詩句」：「斜風細雨不須歸」。這句話要用散文來寫，反倒費事。

詩人都在年輕成名，因為他離開「活語言的天堂」不久。詩人的才華只有「天賦」兩個字才能解釋，但是他的語言自由得只有「像真正的語言」六個字才能加以形容；從語法的觀點看。

散文的建築是「語法句」的建築。詩的建築是自然語（語法家的研究對象）的建築，所以詩人必須接近活語言。活語言（心理學家也注意到了）的表達方式，藏著從《詩經》到現代詩的「詩的語言」的祕密。散文早就對「它」羨慕極了。

「聲音」跟「意義」——談《新譯唐詩三百首》

探討「詩的起源」的學者，幾乎都承認「詩」的產生跟「民眾教育」有關，為什麼說「詩的產生跟民眾教育有關」？因為詩的形式，詩的格律，在一起頭就是「有意的製作」，目的是讓人容易記住，不容易忘記。做「詩」的人希望大家記住些什麼？大概都是些跟宗教、社會、生計、知識有關的事情。所以最初的「詩」，大概都可以當作「民眾娛樂」或「民眾教育」的教材來看。我國的〈詩序〉裡，所提到的：『風，風也，教也。風以動之，教以化之。』也大概的說到了這一層意思。

世界各民族最初的文學形式，幾乎都是「詩歌」，因此許多談到「詩的起源」的學者都喜歡一直的往「古代」推，一直推到「初民」的時代。有的說詩是初民祭神的時候，手舞足蹈，嘴裡亂叫所「叫」出來的。有的說詩是初民做工的時候，嘴裡亂哼哼所「哼」出來的。他們忽略了一點，就是「詩」的發生，是在語言相當發達相當發達以後的事情。一個民族，如果語言不發達到「相當的水準」，根本就不可能有「詩」。我們可以很容易的看出來，這些學者所談的，其實並不是「詩」的起源。他們談的，簡直是「語言的起源」了。這跟有的人所說的，詩是「起源於」人類的聲帶，同樣無益。

不管哪一個民族，到了有「詩」的時代，必定早就超越了「茹毛飲血」的生活方式，不但會用火，甚至能製酒，而且語言已經相當完備，可以說早就進入「文明」了。

詩的起源，其實是由「要使某些要緊的話容易記住些」這個要求來的。那時候，人類對自己的語言已經「有相當的研究」，早就有了最原始的「學習心理學」的知識，知道「有規律的排列語言」很容易「幫助記憶」。根據這個原則編起「教材」來，那就是「詩」。所以我們也可以說，詩的傳統的基本含義，就是複雜的「製作」，就是「格律」。

人類的自然的語言，絕對不可能每一句都是四個字。但是，設法編出幾段每一句都是四個字的話來，確實比那散漫的真實語言「容易記住」得多。萬一記不住，最少「找線索」也方便些：『我忘了一句，只記得最後一個字是「春」。到底是什麼「春」？前面那三個字會是什麼字？』去問記性好的人，多問兩次，自己也就記住了。

句句字數相同，還會產生跟「熱門音樂」一樣容易感覺得出來的節奏。節奏像脈搏，像呼吸，像鼓聲，也很能幫助記憶。

最有意思的是，大多數民族在有「詩」的時候，竟都早已具備了「韻」的知識。製作「詩」的人，幾乎都已經是夠資格的「語言學家」，對「語音」的研究完全不外行。不然的話，三千年前《詩經》的〈關雎〉篇，就很可能「做」成『關關雎鳩，在河之島。窈窕淑女，君子好伴』了。

悅耳的「韻」，也是很能幫助記憶的。

到了後來，詩人甚至講究起「平仄」，講究起「雙聲」、「疊韻」。格律越來越複雜——但是詩句也越來越悅耳。自古以來，詩人同時也必須是語言學家，個個都要具備精細的「辨音」能力。他們還得懂得「排列聲音」的規矩，所以同時還是起碼的作曲家。

我們研究其他民族的「詩」，同樣也要由「格律」入手。懂得「格律」，才能領略它的「好聽」。我們念了一首「好聽」的詩，心裡非常舒服——但是我們往往忘了詩人製作的「艱苦」。在從前，詩跟散文的區別，主要就在這「聲音」上，「格律」上。那一套格律，往往複雜得足夠把人嚇倒，因為語言學知識不是生活常識，畢竟不是人人都懂的。除此以外，作詩的人還得有「語法」知識，分得清「詞性」跟「句型」，不然的話，就沒辦法講「對偶」，談詩「聯」了。任何民族最初的文學形式都是詩歌，但是「詩」一開始就是「格律化」的，它的背景是已有相當規模的學習心理學、語言學、語法學，以及音樂的知識。用這麼多知識來「處理」語言，目的是為了「幫助記憶」，使大家容易記住「教材」，來達成「教育」的目標。

現代人對詩的看法有了改變，似乎不再崇尚繁複的格律，主要的理由是「格律」割裂了真實語言的自然節奏，而且詩也不再是主要的教育工具或大眾傳播工具。教育的普及，使人人會讀會寫了。因此，詩就純粹成為藝術表達的方式之一。「詩趣」可以用較自然，較不扭曲的語言來表達，韻與平仄，也可以拿真實語言的自然節奏來代替了。「詩」的生命凝聚在「詩趣」上。這種情形，跟〈詩序〉所說的「在心為志，發言為詩」相吻合——用現代話，也就是「詩是表達感覺（而不是記錄知識）的語言」了。

不過，研究或欣賞古代的詩，如果不懂格律，「進行」起來是有困難的。

邱燮友先生的新著《新譯唐詩三百首》（三民書局印行），是一本特別重視格律分析的「今註今譯」本子。對每一類詩體，都有總的格律分析；對每一首詩，也逐篇作「韻律」的說明。固然詩不能只有聲音，沒有意義，但是古代詩歌的生命，有一半就在「聲音」也就是格律上。我們讀古代的詩，對這一半的了解，也能增進對另一半的了解；所以這個本子是有特色的。

美麗的唐詩是很迷人的，現代人仍然還非常喜歡在說話跟寫作的時候，引用一兩句唐詩，因為他知道這麼做很容易引起聽者跟讀者的共鳴。「引用唐詩」也成了一種修辭技巧了。「海上生明月，天涯共此時」；「嫦娥應悔偷靈藥，碧海青天夜夜心」；「月落烏啼霜滿天，江楓漁火對愁眠」；「春蠶到死絲方盡，蠟炬成灰淚始乾」。多美的詩句！多好聽的詩句！

邱燮友兄是我的好朋友，他很嚴肅的處理這本「今註今譯」本，細心的地方令人敬佩。白居易的〈琵琶行〉有一篇短序。其他版本的序裡，白居易一向自稱他那首七言古詩是「凡六百一十二言」。我為了這句話，把〈琵琶行〉的字數數了好幾遍，每次都有「白居易的算術不行」的感覺。這次讀了邱燮友兄的本子，很驚喜的發現那句話已經改成「凡六百一十六言」了。

談現代詩

我到過我們中國的，非真實語言的舊詩的世界。那迷人的，非真實語言的舊詩的世界，我到過。

我感謝給我「星垂平野闊，月湧大江流」的杜甫。

我感謝給我「長安一片月，萬戶擣衣聲」的李白。

用「大珠小珠落玉盤」寫「水上琵琶聲」的白居易，我感激。寫「海上生明月，天涯共此時」的張九齡，寫「海內存知己，天涯若比鄰」的王勃，都使我感激。

一個現代人，走進陌生的，古代的，非真實語言的舊詩的世界，就會深切的感受到那種迷人的「五拍子」的躍動，「七拍子」的躍動；還有那極端自由的，可以不顧真實語言的「選字」「填字」的活動。稍稍約束它的，僅僅只有我們的大漢民族的「準孤立語」語法。

唯一使人覺得遺憾的是，這個迷人的舊詩的世界，像童話一樣奇幻，只有你用眼睛去接觸它的時候，它才呈現出它驚人的美來。在你「聽」到這樣的聲音：『鴻蠮閣羽香旺冷，豬伯漂登毒字規。』（這一串聲音本來是打算用注音符號寫的），你雖然可以感受到那「七拍子」的躍動，但是這些「聲音」對你完全沒有意義。不過，你只要用眼睛去接觸代表這些「沒有意義的聲音」的本來「字形」，你會很驚奇的發現，原來它是：『紅樓隔雨相望冷，珠箔飄燈獨自歸。』是李商隱的令人動心的佳句！

在理論上，非真實語言的舊詩，不但可以吟，並且可以配曲來唱，不能說它是「無聲」的。不過，我們也不得不承認，那種聲音只是「純聲音」；那種「音樂」，指的是一種「聲樂」，它並不「傳達」語言學上的「意義」，更不要說「傳達」文學上的「意味」。我不相信從來沒「讀」過崑曲的曲詞的人，第一次聽，就能聽懂，而且受了感動。

從「傳達」的功能上來觀察，舊詩像傳統繪畫，都是「靠視覺傳達意義」。舊詩憑「視覺作用」傳達意義，甚至傳達意味。在我們說「舊詩」是「寂靜的」的時候，並不是指舊詩「不能吟，不能唱」，我們指的是：舊詩不憑「聽覺作用」來傳達「意義」或更高層次的「意味」。基本上，舊詩是「非真實語言」的藝術。

現在，我們要走進另外一個完全不同的世界——以真實語言寫作的「詩的世界」，現代詩的世界。

我永遠記得童話詩人楊喚，因為他的話打動過我的心：『小弟弟快回去吧！你若是害怕走夜路，螢火蟲會提著燈籠送你回家。』

我會永遠記得余光中，因為他勸人拿一張荷葉，「包一片月光回去，回去夾在唐詩裡」。

我會永遠記得一對詩人夫婦。

先生羅門，形容女明星「碧姬芭鐸」的演出接吻最多的櫻唇，竟很銳利的說是「兩塊用了再用的吸墨紙」。

太太蓉子，她呼喚陽光為她鋪一條「橙紅金黃的羊毛氈，直到南方」。

你會發現這是一個多麼不同的「詩的世界」。在這個世界裡，「意義」是憑藉一套我們所熟悉的「有組織的聲音」來傳達的。這套「有組織的聲音」，就是我們的語言。這種語言是有民族性的、時代性的，就在我們的日常生活中被運用著。它是一種真實的「存在」。從菜市場到大學教室，它被從事各種不同職業的人熟練的運用著。這語言是很「中國」的，很「七〇年代」的。從歷史的縱剖面來看，這種語言可能「開始」在「北京人」的嘴裡。用語言學跟語法學的術語來描寫：這種語言在基本上是「單音節」的，但是五十年來被廣泛運用在大眾傳播上的結果，為了

「表達的明晰」、「意義區分的精確」，已經迅速的傾向於「雙音節化」；新的語詞不斷的以「雙音節」的姿態產生。在「運作」的時候，這種語言遵循的是「準孤立語」的語法。

在這個新的「詩的世界」裡，我們不再認為某一個詩句的「明白如話」可以算作那個詩句的特質，因為所有的詩句都是用真實語言裡的語詞構成的。「明白如話」的形容是累贅的，因為詩句本身就是「話」，就是真實的語言。「今年的」、「暑假」、「比」、「漢朝」、「更」、「渺茫」，余光中用這些真實的語詞組合他的名句：「今年的暑假比漢朝更渺茫」。

在這個新的「詩的世界」裡，每一個詩句都有驚人的「語言的真實感」，幾乎可以用電話來傳送。像其他民族的出色詩人一樣，運用真實語言的能力也成為新詩人必具的本領。詩人的每一個新的詩句，等於為我們的民族語言「增添」了一句有意味的「新話」。

『弱者，你的名字叫女人！』『名字算什麼？不讓玫瑰叫玫瑰，聞起來還不是一樣香！』莎士比亞創造的「無數新話」，使英國語言成為意味深長的可愛的「民族語言」之一。這個很普通的例子，很明白的說明了詩人怎麼運用真實的語言來釀造「意味」，寫出有創造性的「新話」。

在這個新的「詩的世界」裡，詩人以「對人生的高度敏銳的感受力」跟「運用真實語言的能力」，顯露他的才華。

我們拿這個新的「詩的世界」，跟前面提到的「舊詩世界」相比，可以看出他們有許多顯著的差異，但是其中最值得我們重視的只有一點。那就是舊詩主要的是「以視覺傳達」的，它是真實語言以外的一種「獨立存在」；雖然它也可吟可唱，不過，如果我們不先通過「視覺傳達」這一關，聽吟聽唱的時候根本沒法子感受到它的意義跟意味。這對於把詩當作嚴肅的「文學創作」的詩人來說，是一種極大的苦惱。一個舊詩人可以當眾朗誦杜甫的「㸌如羿射九日落，矯如群帝驂龍翔」而得到共鳴——如果他的聽眾都已經會背〈觀公孫大娘弟子舞劍器行〉這首詩的話。但是，他永遠沒法子當眾朗讀自己的新作而得到共鳴，尤其是他的新作特別精緻，特別有創造性，特別期待著共鳴的時候。我不相信會有一個中國人，聽得懂「蒐於岐陽騁雄俊」或「鑿石作鼓隳嵯峨」這種精緻的唐代的詩句，在它第一次出現的時候。

新詩在「視覺傳達」方面，跟舊詩並沒有什麼兩樣，因為它們都是用中國字來「寫」的。新詩的主要特色是可以憑聽覺來傳達。一個運用真實語言並無困難的詩人，可以當眾朗誦他的新作。詩人可以用「聲音」吐露「自己所苦心經營的」，傳送「自己深切的感受」而得到共鳴。

夏菁的：

初冬的太陽，像一隻金蘋果
高懸在爽朗的藍空

這樣的詩句可以憑藉聽覺傳達，是我們意料中的事。最令人覺得愉快的，是他的創作意味更濃的構句，「理了髮的朝鮮草」，竟也能憑藉聽覺傳達。我們應該在這裡有所「領悟」：運用真實語言的能力，是詩人才華裡相當重要的部分。

我們再作一次觀察：

於是小寐
夢見自己死去

前面的「於是小寐」裡的「於是」，在舊詩的世界裡未嘗不能傳達一種「韻致」；「於是小寐」裡的「小寐」，在舊詩的世界裡，也相當「雅致」。但是在新詩的世界裡，「於是小寐」成為一組沒有意義，因此也談不上意味的聲音。再看：

讓我撐永愛爲春

這個詩句在舊詩的世界裡，可以算是修辭相當費心的詩句；但是在新詩的世界裡，是完全沒法子進行「聽覺傳達」的失敗的詩句。舉一個最有趣的例子：

小狗跑
小貓跳
跑跑跑
跳跳跳

這四個「詩句」平凡到極點，但是它運用真實語言來寫作，雖然沒有意味，至少可以憑藉聽覺傳達，傳達了「意義」。要是你完全忽略了真實語言的運用，竟用舊詩人的好古心情，把它修飾成：

幼嫛奔兮
幼貍躍兮
奔兮奔兮
躍兮躍兮

這固然可以給你在視覺上獲得一種「古趣」的享受。可是因為它是「非真實語言」的，所以如果通過電話傳送，從聽覺傳達的效果來看，它只是一種「純音響」，毫無意義，毫無意味。

「新詩的世界」跟「舊詩的世界」多麼不同啊！

現代詩裡，有好詩，自然也有壞詩。現代詩人運用真實語言的能力，也有高明跟低劣的差異。這是必然的現象。要緊的是，我們該用什麼方法幫助喜歡欣賞現代詩的讀者，去區分一首詩是不是現代詩。我認為「是否用真實語言寫作」是一個非常重要的區分標準。

談過了「語言問題」，我們還得對現代詩作更深入的觀察。

「五．四」的白話文學運動，確實徹底破壞了舊詩世界裡那種憑藉「視覺」來傳達「意味」的傳統。我們相信這是很好的「破壞」。它為舊詩人打開了狹窄的

「視覺傳達」的牢籠，使詩人能走進「聽覺傳達」的更寬闊的天地。如果我們拿西元前八世紀希臘盲詩人「荷馬」生存的年代，作為詩的「聽覺傳達」傳統的開始，那麼，我們已經晚了兩千七百年了。

我們應該注意到的是：從「視覺傳達」進入「聽覺傳達」並不是一件簡單的事。「五．四」以後的白話詩人，逐漸學會了運用真實的語言，但是卻也使詩停留在「運用真實語言傳達意義」的階段，只發揮了語言的「敘述的功能」，並沒發揮語言的「釀造意味」的功能。寫詩並不需要才氣，只需要熱心。讀詩並不是為了享受「驚心動魄」的經驗，只是為了對寫詩人表示友善。

「沒有詩趣的詩句」是令人厭倦的。很顯然的，能直接閱讀外國詩的「詩讀者」，在讀到「運用真實語言極端靈活，詩中充滿意味」的「成熟的外國詩」的時候，難免心生羨慕，湧起「移植」的熱情。這些「詩讀者」也一樣的是熱心勝過能力，在基本上，他們並沒有熟練運用中國真實語言的才氣。對於成熟的外國詩人「運用民族的真實語言釀造意味」的動人的成就，他們「有所感」而「無所悟」。因此，這些缺乏才華的「詩讀者」，「移植」過來許多「詩的形骸」：貼著商標的固定的「詩的辭彙」，外國的種種詩體和格律。他們熱心的希望把大漢民族的真實語言「擠」進「商籟」的十四行的體制。他們竟不顧語言學上的事實，用「音步」來蹂躪我們的真實語言。他們用「屈折語」的語法來「切割」我們的「準孤立語」。明明知道我們的真實語言穿不進「抑揚格」的鞋，他們為了「詩的緣故」，叫大家「忍受」腳疼。他們計算「漢字」像計算西洋詩的音步，在他們認為「數目足夠」的時候，就「很西洋的」寫下令人驚愕的「過行句」。

這些熱心動筆的「詩讀者」，不一定有詩才，而且運用中國真實語言的時候，表現出對自己的民族語言「驚人的陌生」。他們的熱心介紹，熱心「用漢字填寫西洋詩」的結果，使國內「沒接觸過西洋詩」的熱心的詩作者，手忙腳亂。誠懇的說，許多熱心的「模仿人」所寫的模仿詩，固然使「用慣了民族語言」的國內讀者覺得莫名其妙，而且他們的體會錯了的模仿，也使熟讀西洋詩的「移植人」看了心中懷著「極大的憐憫和同情」。一切都在「莫名其妙」之中。雖然我們心中充滿「諒解」，但是我們不得不用史家的筆法：『「語言能力的不足」跟「語言知識的貧乏」，蹂躪了中國的真實語言。』

我們可以很清楚的給「五．四」下斷語：

「五．四」開創了「運用真實語言從事文學創作」的新紀元。用棒球術語來說，這是一支有效的「安打」；但是因為繼起無人，沒有「擅長運用真實語言釀造意味」的有才氣的詩人，來繼續從事密集的打擊，所以只有留下「殘壘」而去。

這二十年來繼起的「現代詩」，對「五．四」以後的種種病態加以「否定」。我們希望領導現代詩理論的詩論家，要正確把握現代詩的方向。大家對現代詩的期待，是繼承「五．四」的「運用民族真實語言從事文學創作」的精神，再進入一個新境界，「以真實語言來釀造意味」，使我們的新詩成熟。用最通俗的說法，就是「使白話詩充滿意味」，而且有「真實語言的節奏」。

我們所要「破壞」的，是「五．四」以後新詩在語言上的「淡而無味」，以及「用漢字寫的純西洋詩」對民族真實語言的蹂躪。

我們要「建設」的，是「追尋語言的意味」。

詩必須成為「最有意味的語言」以後，詩才算成熟。

大家可能發現我並沒有談到詩的形式。我想說的是，「詩的形式」不該就是『住「詩」的房間』。許多人希望新詩有較固定的形式，不過是希望造些房間，好讓「詩」搬進去住，有個安定的住所。對我來說，如果有人為我「發展」出一種形式，然後叫我像「填詞」一樣的去寫詩，我是完全沒法兒忍受的。對你，我敢說，也不肯這樣的委屈自己。舊的詩的形式，多半抄襲「樂曲」的組織。我們要注意的是，音樂是「純聲音」的藝術，並不像語言那樣講究「個別聲音所代表的個別意義」。

每個民族的語言都有它自然的節奏和韻致，那是一種比「音節」、「拍子」難體會的特質，只有擅長運用真實語言的詩人，對它才有敏銳的感受力。我們讀詩所享受的屬於肌肉方面的快感，就是這種節奏。

舉兩行意味淡淡的通俗詩作例子：

你的眉毛好像西湖的遠山
你的頭髮好像湖邊的垂楊

那種語言上的「一瀉而下」的節奏，那種語言本身「相互呼應」的要求，自然就造成這「兩行」的形式。

詩人的「一口氣」是長是短，詩人慣用的節奏是急切是舒緩，詩人怎樣為他全部「深刻的思想」安排一次圓滿的展出，都必然的會產生自己的形式，形成自己的模樣。

語言的意味，語言的節奏，我們對一首詩的要求，不能多過這兩樣，也不能少過這兩樣。

我與詩

念初中的時候，我就已經很愛詩了，愛美好的舊詩，更愛「易寫難工」的新詩。

這是因為在我的小學時代，新詩已經是一種「美麗的存在」。我們讀的國語課本裡有新詩，而且是要背的。我背過胡適的那一首『兩隻白蝴蝶，雙雙飛上天，不知為什麼，一隻忽飛返……。』背過他的另外一首〈四烈士塚上的沒字碑歌〉：

他們是誰？
三個失敗的英雄
一個成功的好漢……

徐志摩的「雁兒們在天空裡飛」，也背得滾瓜爛熟，而且特別覺得它好，因為它很容易「背」。

到了初中階段，教國文的女老師是北平人，說得一口漂亮清脆的北平話。她是一位「現代老師」，教法跟守舊的國文老師相反。她只要求學生把文言文「弄懂」，白話文一定要背。『你們這些海邊的孩子啊，不背白話文，你們從哪兒去學國語，將來怎麼寫稿啊？』她說。

初中國文課本裡有劉復的〈一個小農家的暮〉，那是我背得最熟的一首新詩。我喜歡詩裡的兩個地方。

一處是：

灶門裡嫣紅的火光，
閃著她嫣紅的臉，
閃紅了她青布的衣裳。

另外一處是這首詩的第四段：

門對面青山的頂上，
松樹的尖頭，

已露出了半輪的月亮。

那詩句並不是很有味兒的，可是那詩句所寫的事物本身的美，是很容易體會的。我長大以後，把這種詩句叫作「鏡子詩句」，意思就是說，詩人很省事的用他的句子去映照人人能夠「共喻」的令人動心的事物，句子像一面鏡子。讀者被那句子「點」醒，就能很快的進入詩人「企圖描繪的境界」，並不去計較詩人的句子「工不工」。這真是一種「不修辭的藝術」。

這種詩句是詩裡的「第二等句子」。它的缺點是模糊含混，缺乏「文學裡的精確和清晰」。不過劉復的〈教我如何不想她〉這首詩裡，有一個對子：

枯樹在冷風裡搖
野火在暮色中燒

這兩個句子就精確清晰得多了。它很能描繪出暮色裡那悲涼的荒野圖畫。這種句子的可貴，是它「不僅僅提醒讀者去重溫美好的舊經驗」。它能用它的「精確」跟「明晰」，很有力的，給讀者一個「新經驗」。

我們讀詩，我相信，「新經驗的獲得」通常要比「舊經驗的重溫」更能使我們快樂。

到了高中階段，情形變了。我們的國文老師是用廈門方言教學的秀才。他對新詩有很大的反感。他每教一首舊詩，就要大大的讚美一番，把詩中所沒有的優點都發揮出來。這情形正跟現在有些替「寫得很壞的現代詩」做箋釋的人一樣，難免會使讀者心中疑惑：『你所說的這麼好的一首詩，我怎麼沒讀過呀？你不會是提我剛剛讀過的那一首吧？』

他因為太愛舊詩了，所以常常誣衊新詩說：『一隻小鳥兒站在枝頭上吱吱的叫。哼，這也能叫詩嗎？』

他的話使我想起胡適先生的一首我當時還能依稀記得的詩：

我是一隻烏鴉，
站在人家屋簷下，
聒聒的叫。

他的話，激動了班上一個「讀書破萬卷」的優等生，就站起來說：『老師！狗在深巷裡叫，雞在桑樹上啼，這算不算詩？』

老師說：『那算什麼詩？』

優等生說：『那麼，「狗吠深巷中，雞鳴桑樹顛」也不能算詩啦？』

老師冷笑說：『你休想拿新詩來跟陶淵明的詩句相比。比不了的！陶淵明的詩句多高雅，哪裡像你滿嘴俗話。』

可見當時的秀才，因為古書讀多了，所以都有一種「口語的自卑」，都有排斥真實語言的傾向。除了這個原因以外，還有一個理由，就是真實語言太活，節奏變化太難把握，根本沒法兒納入傳統的「詩的格律」。更有問題的是，我們傳統的詩都是短句；真實語言，長長短短，變化太大，怎麼能「安」到詩裡邊去？

儘管高中老師反對學生寫新詩，學生卻始終維持高度的創作熱情，寫得很勤。

高一那一年，我十七歲，正是寫新詩的好年齡，先後在班級的壁報上發表了兩首詩。一首是抒情詩〈桐葉飄零〉，一首是敘事詩〈仙女和牧童〉。在班級裡，我正式成為一個「杜甫」。

離開學校以後，我們一家人逃難到內地去。我在一個小學裡教書，很熱心的寫散文，但是並沒忘了我是一個「杜甫」。我對舊詩是沒有意見的，因為它本來就是嚴整的格律詩。它是豐富的文學遺產，它是傳統的，值得珍惜的。不過我對今人寫的舊詩卻完全失去了閱讀的興趣。更可悲的是，我對新詩也忽然失去了閱讀的興趣了。

原因是新詩人已經開始在「切割」語言，竟有恢復按每行的字數來寫詩的，竟有為了押韻寫出很可笑的話來的。詩裡的語言都要接受剪草機的處理。詩人停止了對語言的學習，恢復了「文言用字法」，煉起「字」來了。那樣的「詩」，實際上是一堆「支離破碎的語言」，只不過是「支離破碎」得非常整齊罷了。

那時候有兩種詩。一種是強調「戴著枷鎖跳舞」的新格律詩。那些詩都比較細膩，比較有詩的內容，而且能創造新形式。不過那語言是沒有生命的，都穿著最美麗的屍衣。另外一種是戰鬥詩或者口號詩。那是平淺的，沒有詩趣的，熱情的，赤裸裸的，但是它保全了中國語言的生命力。我閱讀的就是這種「分行的散文」——留得青山在，不怕沒柴燒的「保全了語言活力」的「壞詩」。

我也試寫過〈盧溝橋的獅子〉，像那時候所有熱情的年輕人所做的一樣。我很用心的寫「分行的散語」，長短句，不押韻，非常「告白」式的，非常「直陳」的。我發現我已經能比較自由的運用本國的語言來寫「最壞的詩」了。我不閹割語言，而且我相信，閹割了語言的詩，無論有什麼成就也都是虛假的。因為那並不代表我們現代語言的成就；那是一種「竟能脫離語言而存在」的文學幻景。

那時候，我用「分行的散語」寫了許多「海的詩」，熱情感人，但是不耐咀嚼，有點兒像現代超現實詩人心目中那個「古老的拜倫」，不過我覺得我的「不闔割的語言」能辦得到的事情好像又多了一些。

在臺灣，我嘗試把我的語言「塞」進「押韻」的窄門，結果發現我因此常常寫出可笑的，造作的，令人「同情」的句子來。「韻」畢竟還是屬於「單字」的藝術。為了押一個「豪」韻，硬把「研究」寫成「研考」，說這是「創造新的語言」；或者很滑頭的改成「研討」，覓取讀者的諒解，值得嗎？

我在當時公論報《日月潭》發表的幾首詩，都是「戴著韻的枷鎖跳舞」的，雖然跳得還好，但是我知道我是怎麼樣的「為韻寫詩」的。

散語的，分行的，這已經是五十多年來新詩自己走出來的路子，自己走出來的美麗的形式了。此後就看詩人怎麼運用這自由可愛的形式。它不可能再回到「枷鎖」裡去了。

按一定的程序，一定的規律，一定的要求來「艱辛的製作詩」的「詩派時代」恐怕也要過去了。新詩應該還是走上那「易寫難工」的大路上去才對。

人人寫詩，人人愛詩，才有意思。副刊、雜誌，也應該從「壞詩」起步，開始選登一些詩才好。如果大家都不刊登詩，怎麼能「比」出好詩來呢。

《紅樓夢》裡的兩個完美女性

一

我相信《紅樓夢》是一部不完全是自傳的自傳。作者曹雪芹的想像力十分豐富，所以能以他的生活體驗作核心，精確的畫出了一幅動人的人性的圖畫。

在《紅樓夢》裡活躍的較重要的人物將近一百人，兩性人數的比例是三比二，女性約占百分之六十，男性約占百分之四十。但從曹雪芹用心的程度來看，就可以發現他有重女輕男的傾向。他在書中女性寫得多，男性寫得少。他把女性寫得精采，男性寫得——只能說好。我們幾乎可以說，《紅樓夢》跟《水滸傳》正好是兩「極」。《紅樓夢》是一部寫女人的書，《水滸傳》是一部寫男人的書。

《紅樓夢》裡的人物雖多，卻可以找出全書最活躍的三個人來：賈寶玉，以及名字裡有個「寶」字的薛寶釵，以及名字裡有個「玉」字的林黛玉。這三個孩子是一個令人心酸的戀愛悲劇裡的三個主角。他們三個，一個死，一個出走，一個孤單的守著空虛的勝利。

曹雪芹的思想是一個「空」字，不過曹雪芹並不是一個哲學家。他是一個作家，他必然會把他的思想化為感覺。把思想化為感覺的結果，他的「空」就不是「徹悟」，而成了一聲令人落淚的「對人生的嘆息」，他的作品也成為一部傑出的文學創作而不是一部哲學論著。

這部已經沒有版權的中國人的文學遺產，不分男性女性，人人愛讀；大部分的讀者在閱讀的過程中，又都會不知不覺的參加了書中的「林薛戰爭」，感受到薛寶釵的壓力，為處在驚濤駭浪中的林黛玉提心弔膽，恨不得身入賈府，面謁賈母，把整個事情都說個明白。

現代的讀者的文學批評的知識比以前那種「設林黛玉木主，日夕祭之」的讀者要豐富得多，他們的興趣也就轉移到曹雪芹對人性的刻畫上了。由這個觀點看來，原諒我不含一點惡意的說：《紅樓夢》就成了一座女性典型圖書館。高年、中年、青年的讀者，大家談論一個最有趣味的題目：《紅樓夢》裡那麼多女子，誰的性格最可愛、最理想？

我不認為這是一個不值得談的題目。我認為這個題目必然會同時引起女人跟非女人的極大的興趣。

二

《紅樓夢》似乎並沒有企圖塑造一個理想女性。至少曹雪芹寫作的動機並不是要塑造一個那樣的偶像。我不過是推測，曹雪芹在動筆寫《紅樓夢》的時候，基本的動機是要寫下他不堪回憶的往事。他那時候已經不再年輕，過的是窮困潦倒的生活，沒有謀生的技能，幾乎沒有什麼事好做，就只有寫稿，好一部一部的鈔出來，拿到廟市中去賣點兒錢餬口。他在尋找題材的時候，「忽念及當日所有的女子」，就決心把這半世親見親聞的幾個女子寫下來了。可見曹雪芹這個人有一段非常獨特的生活經驗，他跟一群女孩子一起長大，有任何人都比不上的觀察女子的最佳機會，這就是他為什麼能把她們的生活寫得那麼深刻的原因。

既然他寫的是回憶錄，是向後看的，並不向前，那麼我們要選擇理想的女性，就只有在他完成的將近六十幅的女子畫像裡選了。

我說過現代讀者大半已經不再參加「林薛戰爭」，也就有較大的選擇自由，用不著再去考慮魚與熊掌的難題了。我的許多朋友都圈選了賈探春，因為這個「蕉下客」是一個堅強向上的女性，懂事理，不俗氣，有膽識，連鳳姐兒都要尊重她。

我的考慮是：像探春這樣不受欺負的女孩子，很可能是嚴肅的、厲害的、個性極強的、充滿戰鬥性的，跟她交往要謹慎警惕，因此也就缺少風趣，缺少一點恢宏的氣度。如果她是男的，他很可能是精明幹練的，卻不可能做一番大事業。

她在大觀園裡提倡「結詩社」，把大家都請來了。大家商量要做詩翁，給自己起別號。她自己選了「蕉下客」，因為她愛她所住的秋爽齋的芭蕉。

林黛玉跟她開玩笑，說她是一隻鹿，因為莊子說過「蕉葉覆鹿」的話，自稱「蕉下客」不就等於自己承認是蕉葉下面的那隻鹿嗎？

我們有理由相信林黛玉的話純粹是開玩笑，賈探春卻是一個不喜歡開玩笑的人，不幽默的人。她很厲害的馬上給林黛玉顏色看。她指出林黛玉使巧話罵人，又引用湘妃灑淚在竹上成斑的故事，又明明白白的說黛玉愛哭。弄得黛玉低了頭，不再言語。

如果探春是你的伴侶，你的言行該多謹慎！

探春跟黛玉的性格有相同的本質上的缺點，那就是你很容易得罪她。

探春的缺點使我想起《紅樓夢》裡兩個接近完美的女性：賈母和薛寶琴。

賈母為丫鬟鴛鴦的事情生氣的時候，探春說了幾句清清脆脆的話頂撞她老人家。她老人家卻能想到孫女兒的話有理，馬上自己笑自己是老糊塗。你看這氣度。

薛寶琴也是坦率像探春，她的坦率卻是厚道的、開朗的、童心的。她看史湘雲跟賈寶玉在雪地裡烤鹿肉吃，站在那裡笑。史湘雲招呼她說：『傻子！來嚐嚐。』她怕吃，坦率的回答說：『怪腌臢的！』可是等到寶釵叫她去吃吃看，她吃了一塊，果然好吃，就津津有味的吃起來了。她的聰明、見識都超過探春，又是《紅樓夢》裡的第一美人，賈母疼她疼得連心愛的鳧靨裘都拿出來給她穿，她的為人卻一片天真，那樣的親切、隨和、誠摯。你看這淳厚的氣質。

我雖然沒有曹雪芹的那種獨特的生活經驗，我生活裡卻也有幾個親見親聞的女子。我認為完美的女性應該是那有恢宏的氣度的，應該是那有淳厚的氣質的。這兩種美質恰巧就是賈母跟薛寶琴所有的。

三

我並沒有把《紅樓夢》讀得很熟，因為我總得留點兒時間讀別的書。不過我注意到一件有趣的事，就是其他重要女子在《紅樓夢》裡登場的時候，曹雪芹總是「眼睛眉毛鼻子嘴」的描寫一番，唯獨賈母登場的時候，只用四個字形容她老人家的頭髮。更奇的是，薛寶琴登場的時候，竟連一個字的描寫也沒有。我疑心，這是因為他怕理想的人物如果也「眼睛眉毛鼻子嘴」的勾畫起來，就落了實，反而會使完美成為古板的形象。

賈母初次登場，由林黛玉眼中所看到的，只不過是一個「鬢髮如銀」的老母。就是劉姥姥第一次見到的賈母，也不過是一個「在榻上歪著的老婆婆」。曹雪芹似乎沒正面描寫過賈母的容貌，只提起過她的鬢角上有一個「指頭頂兒大小的坑兒」，是小時候跌跤碰破的。曹雪芹把賈母的容顏留給讀者去想像。大家只要想想在賈母身邊那一群彩繡輝煌、珠圍翠繞的太太、奶奶、姑娘、丫鬟，像天上的星星那麼多，個個又都是美人，就可以想到賈母那「一輪明月」的氣象了。

賈母的性格的美是女性美的極致。我的心目中的理想女性是在生活的折磨中鍛鍊智慧，在不能令人滿意的現實中培養容忍和慈愛，不以憤怒毀壞自己的容貌，不因為生活的艱辛扭曲自己的天性，在她高年的時候，仍然能品嘗人生的樂趣，修到了一團和氣的境界。

我最怕看到的女性，是臉上有肅殺之氣，充分發揮了錙銖必較的精明，心胸隨著年齡的增長越變越窄，壓抑不住內心對人生的怨恨，排斥盡了一切生活的情趣，對一切人有尋釁的傾向，寧願自己有嚴苛愁苦的面貌，永別了笑容，落入了滿腹牢騷的境地。

賈母的風趣、豁達，使人羨慕。她並不怕自己取笑自己，而且能跟滿堂兒孫玩在一起，這實在非常不容易。她有幽默感，了解每一個晚輩，又是那樣的恤老憐貧，那樣的平易近人，處理起事情來是那樣的井井有條，一生奉行的是肯吃虧的忠厚哲學。

她改變了世人僅僅懂得用「花」、用「玉」來形容女性美的庸俗觀念。她的性格、氣質符合了我的女性觀。女性的美是要用光輝來形容的。她使女性不朽。

四

薛寶琴在《紅樓夢》裡登場的時候，曹雪芹只提到賈府裡的一個老婆子嘴裡說的話：『來了好些姑娘奶奶們……還有一位姑娘，說是薛大姑娘的妹子。』這個登場介紹比寫賈母的時候還要簡單平凡。

曹雪芹對這個《紅樓夢》裡的第一美人兒的描繪法也是極力避免落實，唯恐毀壞她出色的美。他用的是間接法，以別人的感覺來為讀者製造想像。

第一次是賈寶玉的感觸，他跟襲人她們說：『你們成日家只說寶姐姐是絕色的人物；你們如今瞧見他這妹子……我竟形容不出來……。』

第二次是賈母帶著鳳姐兒她們去賞雪，忽然看見寶琴披著鳧靨裘，遠遠的站在山坡背後的雪地裡，身後有一個丫鬟，抱著一瓶紅梅。賈母看得入迷，說：『你們瞧，這雪坡上，配上他這個人物兒，又是這件衣裳，後頭又是這梅花，像個什麼？』大家回答說，像是仇十洲畫的《豔雪圖》。賈母含笑搖頭說：『那畫的哪裡有這件衣裳？人也不能這樣好！』可見寶琴的美竟是連仇十洲也不配畫的。

跟賈母相比，賈母有的是豐富的人生閱歷，年輕的寶琴有的是對錦繡大地的見識。她們祖孫倆也因此都有恢宏的氣度。寶琴從小就跟父親到處去做生意，年紀輕輕的，就把中國河山十停走了五六停，真可以說是一個「小司馬遷」了。

寶琴進了賈府以後，賈母一見就傾心，透露出為賈寶玉求親的意思，可惜寶琴是已經許配給梅翰林的兒子了。賈母欣賞寶琴，並不是欣賞一個「瑪麗蓮夢露」，很可能是為寶琴的氣質所打動。賈母要王夫人認寶琴做乾女兒，留寶琴在她的屋裡住，還把珍藏的華貴斗篷給了寶琴。寶琴的好處不只是年輕心熱、才思敏捷，最可貴的是她小小的年紀卻有那樣的恢宏氣度，稟賦那麼高，卻又那樣平易近人。賈母賞識的不就是這樣的女孩子嗎？林黛玉、薛寶釵、史湘雲，都不如寶琴美；她們的年紀雖都大些，竟沒有一個人能有寶琴的氣質，能達到寶琴的境界。

林黛玉有點兒恃寵驕人、恃才傲人，心胸是狹窄了些。

薛寶釵的城府很深，相當世故，缺少的是誠摯和天真。史湘雲是夠豪放坦誠的，卻豪放得缺少含蘊，豪放得使人覺得有些平庸了。

寶琴的性格可以說是幾種難能可貴的美質的不平凡的結合凝聚成的光輝：氣質高貴，卻又平易近人；氣度恢宏，卻又不失幽默感；才思敏捷，卻又完美的保存了善良的本性；年紀輕輕的，卻又能在為人處世上無所滯礙。我想，不但賈母要賞識她，如果賈父在世，恐怕更要賞識她了。

五

在《紅樓夢》裡找完美的女性，照說應該在十二金釵裡選，但是我所選的祖孫兩個竟都在十二金釵之外。我自己也覺得這是一件令我驚奇的事。

我說過完美的女性是應該用「光輝」來形容的。完美的女性的光輝像陽光。寶琴的氣質像初升的旭日，賈母的氣質像美好的夕陽。這是完美的女性從青絲到銀髮的兩個不同的階段、兩種美好的境界。

旭日充滿朝氣，鼓舞你上前去迎接美好的人生。

夕陽是無瑕的人生的完成，永遠給你留下令人心熱的回憶。

讓我用史湘雲的坦率結束我的不嚴肅的論文：你問我，《紅樓夢》裡的那麼多女性，最喜歡的是誰。我喜歡的就是賈母跟薛寶琴兩個。

《李漁研究．評傳》讀後

一

《李漁研究》是黃麗貞女士的著作。全書分六篇：第一篇〈李漁評傳〉，介紹李漁的生平，品評李漁的成就；第二篇〈一家言全集〉，介紹李漁的詩文；第三篇〈閒情偶寄〉，介紹李漁的戲劇論跟生活藝術；第四篇〈十種曲〉，介紹李漁所寫的劇本；第五篇〈十二樓〉，介紹李漁的十二篇小說；第六篇〈無聲戲〉，介紹李漁的另一部短篇小說集。

《李漁研究》這本書的基本性質，就是為李漁這個人跟他的所有作品所做的一個詳盡、正確、有系統的介紹。對研究中國戲劇史的人來說，這本書可以節省他不少的精力。這是因為黃麗貞女士為了寫這本書，讀遍有關李漁的各種資料，並且根據李漁自己的詩文雜著，寫成〈李漁評傳〉，補足「空白」，糾正錯誤；同時又細讀李漁的全部著作，為每一種作品寫提要，做評價，為可疑的作品做考證。她前後陸陸續續為這本書所費的時間將近十一年；這十一年的成果，就是這一份正確、客觀的「李漁報告」。研究中國戲劇史的人，一生能有幾個十一年？

〈李漁評傳〉是這本書的第一篇，篇幅雖小，比重卻大，因為它幾乎就等於這本書的兩大部分之一，提供了關於李漁的「人」的部分的最重要的資料。

二

李漁在中國戲劇史上的地位是很特殊的。

中國傳統的「戲劇」觀念，重點不在「演出」，卻在「演唱」。傳統文人的劇本創作，重點在寫「曲」。「曲」成為帶著戲劇意味的純文學作品，「曲」是戲劇的生命。「曲」也就是「詩」，應該寫得優美動人像一切純文學作品一樣。像明代湯顯祖作〈牡丹亭〉寫柳夢梅跟杜麗娘的愛情，「曲」詞的優美，實在比詩更動人。我們有理由相信，明清時代有一些戲劇家並不太重視「演出」效果，卻特別重視「曲」的文學價值。

在傳統文人的心目中，李漁恰好是「曲中的鄭板橋」。他的「曲」作品，通俗了些，平淺了些，所以他是次要的「曲」人。他的「曲」，在傳統文人的心目中，缺少了點兒「韻味」，並沒有他們所講究的東西在內，因此也就覺得「並沒有什麼值得欣賞的地方」。

可是我們如果用現代的「戲劇」眼光來看李漁，我們就會覺得他完全變成了另外一個人。他是跟現代人的「戲劇」觀念相符的偉大戲劇家。他是一個真正懂得戲劇的人。跟傳統的劇作者相比，傳統的劇作者只能算是「詩人」，卻不能算是地道的「戲劇人」。

李漁的「曲」詞，平淺通俗，也很生動優美，是因為他已經掌握住戲劇藝術的特質。在戲劇裡，「曲」詞的「意義」是訴諸觀眾的「聽覺」的，必須具備觀眾能聽得懂的「聽覺意義」才行。如果「曲」詞寫得像李商隱、溫庭筠，那就等於對戲劇效果的忽略。詩詞跟戲劇，畢竟是兩種不同的藝術。一個純正的戲劇家，他的「曲」詞裡，大都具有白居易的智慧跟鄭板橋的智慧。

最使人發生興趣的，是李漁所寫的戲劇創作，在當時有許多「聽眾、觀眾」，也有許多「讀者」。他是一個真正的戲劇家。

在李漁之前的劇作家，對於「道白」是馬虎應付的，因為那不是他「釋放才華」的地方。李漁卻特別講究「道白」，能使「道白」生動有趣，這又表現了他的純正戲劇家的本色。

在海外，李漁得到研究中國戲劇的外國學者的推崇，超過其他的中國戲劇作家。日本有李漁作品《風箏誤》的日譯本，學者甚至推崇他是中國戲劇裡的杜甫，並且以他在中國戲劇上的成就跟曹雪芹在中國小說上的成就作比較，隱隱含有「中國近代戲劇第一人」的意味。

在西洋，李漁也是一個引人注意的戲劇家。英、法、德都有李漁作品的譯本。德國還出了個「李漁專家」馬漢茂博士。

更有意思的是，李漁不僅是一個劇作家，同時還是一個戲劇理論家，有自己的一套有系統的戲劇理論。他也有從事戲劇批評的能力。

中國近代戲曲是尊崇「南洪北孔」的，可是寫史人在提到孔尚任、洪昇這兩顆明星的時候，也無法拋開李漁不提。這就是我說李漁在中國戲劇史上的地位很特殊的原因。

三

這本書裡的〈李漁評傳〉部分，最能引起讀者的興趣。它把李漁這個「中國的挨罵的莎士比亞」的一生，作了非常詳盡客觀的評介，為這個最「戲劇」的戲劇家的生活，留下了許多生動的圖畫：

李漁愛山，買過一座三十多丈高的小山，隱居在山上做一個「識字的農人」，在山上養雞，種橘，養蜂，而且種三畝秫米釀酒喝。後來因爲鬧窮，才把山賣了。

他在五十歲以前，只生女兒，沒有兒子。可是到了五十歲以後，情形忽然改變，接連的生下五六個壯丁。他生下第一個兒子的時候，心花怒放，大大請客。可是生第四個兒子以後，他又咳聲嘆氣，抱怨生活負擔太重了。

李漁勤寫作，勤演戲，而且還經營出版社。他也遭遇過現代的令人煩惱的盜印、翻版的事情，爲「版權」跟人辦交涉，要求官府爲他「追板」。他的出版物都很精美，銷路也不壞。有名的《芥子園畫傳》，就是他出版的暢銷書。

他熱愛戲劇，不但能編能導，而且還自己組織了一個小小的家庭劇團，到處旅行，在親友間演出他自己所編的新劇。劇團的團員都是女的，而且這些女團員有些是人家「送」的。他是一個多妻主義者，所以這些女團員是他的徒弟，也是他的妾。對他有成見的人，爲這個關係攻擊他荒唐，誇張的指摘他是「讓自己的妾演戲給客人看」。

他是一個生活藝術家，最擅長現代的室內設計。他懂得住宅管理，房間布置，庭園布置。對於器皿飲食，他也都有一套自己的講究。

他是一個旅行家，常常帶著自己的家庭劇團，到各省走動。這跟他的「名氣大」有很大的關係。他的旅行，通常是接受各地紳士、大官的邀請爲座上清客，飲酒陪乘，談論政治，唱和詩文，還有的是想看他的新劇。因此，這個家庭劇團也是一個相當出色的旅行劇團。

他每次遠行，必有收穫。收穫的大小，他非常關心。所謂收穫，就是指豪富給他的贈禮。他因爲爲人風趣善談，所以每到一處，總是得吃得喝，滿載而歸。他的報答，就是「一次精采的戲劇演出」，以及「一兩篇得體的詩文聯語」。

有時候他也「主動出擊」，就是俗語所說的打秋風。不過打秋風並不次次順利，有時候也會一無所獲，白跑一趟。

這個風趣人物，生活看似非常寫意，實際上家庭負擔卻非常沉重。他的妻子兒女，丫鬟僕役，劇團組織，書店的員工，全部四十人的生活，都靠他一個人維持。因此到了老年，還得勤寫勤跑，才能過得了日子。

這些有趣的細節，真是傳記文學的好資料。可惜我們找不到一位出色的作家，根據這些資料，像羅曼羅蘭寫《貝多芬傳》一樣，也寫出一部《李漁傳》的現代作品來。

四

〈李漁評傳〉全文約三萬三千字，另附註釋兩百四十八條，費時兩個多月才寫成，可見作者對這篇文字的重視和細心。我對這篇「評傳」的贊語是：這篇文章復活了近代中國的一個偉大的戲劇家，使他在讀者心中留下了最深刻的印象。

國家圖書館出版品預行編目資料

陌生的引力 / 林良著. -- 二版. -- 臺北市 : 麥田出版 : 家庭傳媒城邦分公司發行
面； 公分. -- (林良作品集 ; 4)

ISBN 978-986-344-197-7(平裝)

855 104000218

林良作品集 04

陌生的引力 經典紀念珍藏版

作者	林良
責任編輯	賴雯琪 林秀梅
校對	吳淑芳 吳美滿 陳瀅如
國際版權	吳玲緯
行銷	陳麗雯 蘇莞婷
業務	李再星 陳玫潾 陳美燕 杻幸君
副總編輯	林秀梅
副總經理	陳瀅如
編輯總監	劉麗真
總經理	陳逸瑛
發行人	凃玉雲
出版	麥田出版 城邦文化事業股份有限公司 104台北市中山區民生東路二段141號5樓 電話：（886）2-2500-7696 傳真：（886）2-2500-1966、2500-1967 E-mail：bwps.service@cite.com.tw
發行	英屬蓋曼群島商家庭傳媒股份有限公司城邦分公司 104台北市中山區民生東路二段141號2樓 書虫客服服務專線：(886)2-2500-7718；2500-7719 24小時傳真服務：(886)2-2500-1990；2500-1991 服務時間：週一至週五09:30-12:00；13:30-17:00 郵撥帳號：19863813 戶名：書虫股份有限公司 讀者服務信箱E-mail：service@readingclub.com.tw 歡迎光臨城邦讀書花園 網址：www.cite.com.tw 麥田部落格：http://www.ryefield.com.tw
香港發行所	城邦（香港）出版集團有限公司 香港灣仔駱克道193號東超商業中心1樓 電話：(852)2508-6231 傳真：(852)2578-9337 E-mail：hkcite@biznetvigator.com
馬新發行所	城邦(馬新)出版集團【Cite(M)Sdn. Bhd】 41, Jalan Radin Anum, Bandar Baru Sri Petaling, 57000 Kuala Lumpur, Malaysia. 電話：(603)9057-8822 傳真：(603)9057-6622 E-mail:cite@cite.com.my
封面繪圖、設計	薛慧瀅
電腦排版	宸遠彩藝有限公司
印刷	一展彩色製版有限公司

初版一刷 1997年9月1日
二版一刷 2015年6月1日
定價／300元

ISBN：978-986-344-197-7

城邦讀書花園
www.cite.com.tw

廣	告	回	函
北區郵政管理局登記證			
台北廣字第000791號			
免	貼	郵	票

英屬蓋曼群島商
家庭傳媒股份有限公司城邦分公司
104 台北市民生東路二段141號5樓

▼

請沿虛線折下裝訂，謝謝！

文學・歷史・人文・軍事・生活

讀者回函卡

cite城邦媒體

※為提供訂購、行銷、客戶管理或其他合於營業登記項目或章程所定業務需要之目的，家庭傳媒集團（即英屬蓋曼群島商家庭傳媒股份有限公司城邦分公司、城邦文化事業股份有限公司、書虫股份有限公司、墨刻出版股份有限公司、城邦原創股份有限公司），於本集團之營運期間及地區內，將以e-mail、傳真、電話、簡訊、郵寄或其他公告方式利用您提供之資料（資料類別：C001、C002、C003、C011等）。利用對象除本集團外，亦可能包括相關服務的協力機構。如您有依個資法第三條或其他需服務之處，得致電本公司客服中心電話請求協助。相關資料如為非必填項目，不提供亦不影響您的權益。

□ 請勾選：本人已詳閱上述注意事項，並同意麥田出版使用所填資料於限定用途。

姓名：________________ 聯絡電話：________________

聯絡地址：□□□□□________________

電子信箱：________________

身分證字號：________________（此即您的讀者編號）

生日：____年____月____日 性別：□男 □女 □其他________

職業：□軍警 □公教 □學生 □傳播業 □製造業 □金融業 □資訊業 □銷售業

□其他________________

教育程度：□碩士及以上 □大學 □專科 □高中 □國中及以下

購買方式：□書店 □郵購 □其他________________

喜歡閱讀的種類：（可複選）

□文學 □商業 □軍事 □歷史 □旅遊 □藝術 □科學 □推理 □傳記 □生活、勵志

□教育、心理 □其他________________

您從何處得知本書的消息？（可複選）

□書店 □報章雜誌 □網路 □廣播 □電視 □書訊 □親友 □其他________

本書優點：（可複選）

□內容符合期待 □文筆流暢 □具實用性 □版面、圖片、字體安排適當

□其他________________

本書缺點：（可複選）

□內容不符合期待 □文筆欠佳 □內容保守 □版面、圖片、字體安排不易閱讀 □價格偏高

□其他________________

您對我們的建議：________________

____